AF500055

POÉSIES.

POÉSIES
DIVERSES
DE J. B. A. CLÉDON.

SECONDE ÉDITION.

II.

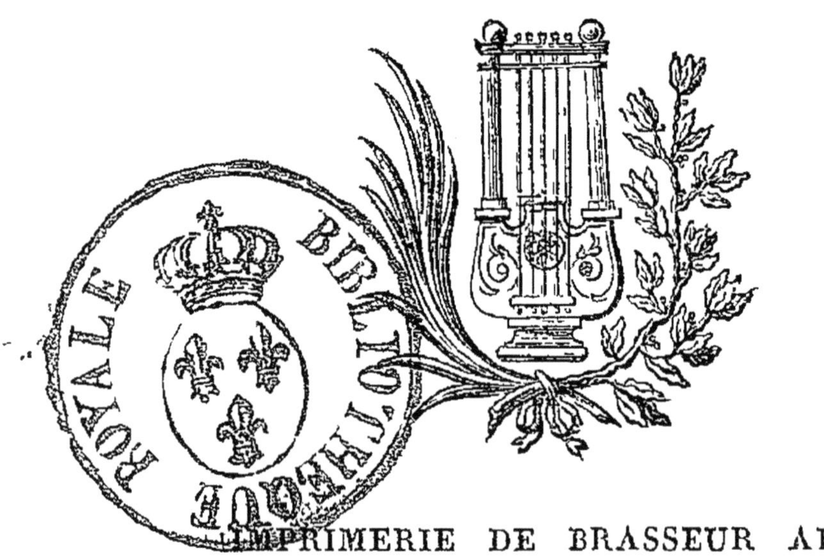

IMPRIMERIE DE BRASSEUR AINÉ.

A PARIS,

Chez DELAUNAY, Libraire, Palais-Royal.

1811.

POÉSIES DIVERSES

DE

J. B. A. CLÉDON.

CONTES.

LIVRE I.

La Résurrection.

Du merveilleux le bon temps est passé,
Car de nos jours on ne croit pas grand' chose :
Valons-nous mieux ? Je m'en tais et pour cause.
Les charlatans avec l'art de Circé
  Ne font plus trop grande fortune ;
On ne voit plus des vieilles se vanter

De faire descendre la lune
A leurs clameurs, ni de faire monter
Des enfers la sombre déesse
Tenant Cerbère en laisse:
C'était fort bon chez nos aïeux grossiers;
Mais à présent on le taxe de fable;
Pourtant le fait qui suit n'est pas moins véritable.

Dans certain siècle où l'on crut aux sorciers
Un disciple fameux du nouveau Prométhée,
Qui comme l'autre au ciel ne monta point,
Mais de l'enfer tira la flamme redoutée
Pour animer et faire qu'en tout point
Sa babillarde et savante androïde (1
De maints docteurs fût un vivant portrait,
Parlant de tout ainsi qu'un perroquet,
(Ayant pourtant la tête vide)
Sur le droit naturel et sur le droit canon,
Sur l'alchimie et la métaphysique,
Possédant la dialectique
Comme Aristote ou le divin Platon;
Du grand Albert, dis-je, il fut un élève
Nommé Basile et natif de Genève,

Lequel, aux mystères d'Hermès
A peine initié, fit de si grands progrès
Qu'il ne manqua la découverte
Du grand œuvre, dit-on, que d'un point seulement:
Pour se dédommager d'une si grande perte
Il trouva par hasard un secret important,
Et qui faisait la figue aux lois de la nature;
Ce fut en consultant
Les planètes de Mars, de Vénus, de Mercure,
Raymond Lulle, Sendivogus,
Beaucoup d'autres auteurs que je n'ai jamais lus,
Et qui paisiblement dorment dans nos musées.
Basile avait caché son secret avec soin
Jusqu'au jour où, sentant ses forces épuisées,
Il pensa que la mort devait n'être pas loin;
Alors il fit venir dans l'ombre du mystère
Son fils Alexandrin, et, lui parlant fort bas:
— Prends, lui dit-il, de cette eau salutaire;
Elle affranchit des rigueurs du trépas:
Dès que je serai mort, si ma perte te touche,
Pour me ressusciter tu ne manqueras pas
D'en verser un peu dans ma bouche;
Mais n'attends pas que l'âme ait rompu son lieu;

Si mon corps était froid tu n'avancerais rien. —
Le fils promit beaucoup ; quant à maître Basile
Il mourut dès le lendemain,
Et pour lui son secret devint fort inutile,
Car son fils Alexandrin
N'usa point de la recette
Qui devait faire sans trompette
Ressusciter les morts :
Son père s'en alla, comme avaient fait tant d'autres,
Vers ses aïeux et les nôtres,
Nous attendre aux sombres bords.
Alexandrin, qui craignait la pareille,
Quand le temps fut venu manda son fils René,
Fort endetté, partant libertin effréné,
Et lui remit la magique bouteille
En lui disant : — Lorsque je serai mort
Avec cette eau tu peux me convertir en or. —
René pleure et se désespère ;
Mais, tout en protestant qu'il n'en saurait rien faire,
Deux ou trois fois pour mieux se mettre au fait
Se fit répéter le secret.
— Quelle que soit, répond-il, ma misère,
Puissent les enfers m'engloutir

Si je touche au corps de mon père ! —
Sachant bien à quoi s'en tenir,
Alexandrin n'insista guère :
Bientôt il meurt ; en fermant la paupière
Il voit son fils, le flacon à la main,
Attendre avec impatience
L'instant fixé par le Destin.
Sitôt le père mort on fait l'expérience ;
L'eau rencontre l'âme en chemin,
Lui barre le passage et vite la repousse
Vers son manoir. Une lumière douce
Rouvre les yeux d'Alexandrin ;
Par degrés de ses sens il recouvre l'usage,
Et tout entier il ressuscite enfin
Avec les charmes du jeune âge :
Mais à ce cas inopiné
Qui fut penaud ? Ce fut maître René.

*

Le Quiproquo.

Quelqu'un, dit-on, un jour fut à Bicêtre
Voir un des siens qu'on y tenait reclus
Pour avoir pris une dose de plus
De la démence ordinaire à notre être,
Ou, pour parler du vulgaire ignorant
L'impertinent et rustique langage,
De la raison avoir perdu l'usage.
Cet étranger avec son cher parent,
Et plusieurs fous que leurs crânes moins vides
Laissent jouir d'intervalles lucides,
A déjeuner fut ensuite prié;
Quand le repas finit le convié
A l'économe au tuyau de l'oreille
Dit : — Mais pour moi c'est bien grande merveille;
Combien ces gens ont le cerveau rassis!
En vérité j'en suis beaucoup surpris:
Un seulement d'un accès de folie,
Même prochain, m'a paru menacé,
Et par prudence ordonnez qu'on le lie;

Tenez, c'était ce grand drille placé
A votre gauche, habillé vert foncé,
Qui de jaser n'a presque pas cessé;
Je ne sais point d'ailleurs comme il se nomme.
— Je vous entends, répondit l'économe
En souriant d'un air assez malin;
Ignorez-vous, monsieur, quel est cet homme?
De la maison c'est là le médecin.

La Tache.

DANS l'atelier de l'un de ses confrères
Entra jadis certain peintre d'Anvers
De qui l'émail des mourantes visières
Etait terni par quatre-vingts hivers:
Là se trouvait un tableau magnifique
Très-admiré de tous les amateurs;
S'étant mêlé parmi les spectateurs,
Qui ne cessaient d'encombrer la boutique,
Notre barbon s'écriait : — Mais vraiment
Je ne sais point ce que de si charmant

Maint connaisseur trouve en cette peinture;
Et cette tache... oh, juste ciel, quel tort
Elle lui fait ! — Chacun s'étonne fort
D'un tel propos, et demande d'abord
Où le défaut. — Mais sur cette figure ;
Regardez là, messieurs, au côté droit;
Le voyez-vous ? — Non. — Il porte son doigt
Sur le tableau pour désigner l'endroit.
On ne voit rien, et le vieillard se fâche;
Alors quelqu'un en fixant le censeur
Dit : — Oh, parbleu, je reconnais l'erreur;
C'est dans votre œil, bonhomme, qu'est la tache.

Les Scrupules.

Un chrétien, un israélite
Disputaient sur le bord d'un puits;
Par mégarde le circoncis,
Tout en gesticulant, dans l'eau se précipite:
Pour le retirer d'en bas
Le chrétien court à grands pas

Vite chercher une échelle;
Puis, la plongeant du haut de la margelle,
Dit : — Maître Abraham, holà;
Tenez, accrochez-vous là.
— Le saint jour du sabbat faire une œuvre servile!
Y pensez-vous? répond le Juif plein de dépit.
— En ce cas-là, bonsoir et bonne nuit, —
Réplique le chrétien, et soudain il fait gille.
Le lendemain il court au même endroit;
Il y trouve l'Hébreu, qui, tout transi de froid,
Jurant et pestant dans l'attente
De son libérateur, d'une voix tremblotante
Se met à lui crier aussitôt qu'il le voit:
— Donnez vite, donnez l'échelle; que je sorte;
Tirez-moi donc au nom de Dieu,
De Jéhova, du Christ, n'importe.
— A prendre patience, ami, je vous exhorte,
Dit le chrétien; je ne puis de ce lieu
Vous tirer aujourd'hui, car c'est dimanche; adieu.

La Vanité déçue.

Quand Cicéron revenait de Sicile,
Où le sénat l'envoya pour questeur,
Il se disait dans le fond de son cœur :
— Combien mon nom doit par toute la ville
Etre chéri ! pas un morceau de pain
Depuis un an n'a sur aucune table
Eté servi sans qu'on bénît la main
Qui nourrissait tout le peuple romain.
A mon retour quelle foule innombrable
Va m'accueillir avec empressement ! —
Parlant ainsi dans quelque éloignement,
Il aperçut tout le long de la côte
Plusieurs Romains : — Oh ! c'est cela sans faute,
S'écria-t-il ; il faut que jusqu'ici,
De me revoir brûlant d'impatience,
Emu d'ailleurs par la reconnaissance,
Le peuple entier apparemment s'avance,
Et l'avant-garde est sûrement ceci.

Çà, composons nos traits et notre geste;
D'un compliment doucereux et modeste
Allons d'abord régaler ces gens-ci. —
Comme il disait ces dernières paroles
Il débarqua dans le port de Pouzolles,
Où dans ce temps pour y boire les eaux
Il affluait grand nombre de badauds,
Mais qu'il prenait pour certaine avant-garde :
Il les salue; aucun ne le regarde,
Hormis un seul, qui, vers lui se tournant,
Dit : — Il me semble avoir connu cet homme;
Mais je ne sais plus trop comme il se nomme.
Oh, parbleu, c'est Cicéron.... Maintenant
Fort à propos vous arrivez de Rome;
Pour contenter ma curiosité
Quoi de nouveau dans la grande cité ?
— Vous vous trompez; il revient de l'Afrique;
J'en suis bien sûr, dit alors un second.
— Bah! point du tout; il vient de la Bétique,
Ajoute un tiers. — En se grattant le front,
Un bon vieillard au milieu d'eux s'avance :
— Non, non, dit-il; j'ai quelque souvenance
Que l'an passé, ne sais à quelle fin,

Il alla faire en Sicile un voyage. —
Notre questeur, honteux et plein de rage,
Sans répliquer poursuivit son chemin.

Les Vœux.

Les Crétois, présumant que le maître des cieux,
Dans leur île ayant pris naissance,
Devait d'un œil d'amour considérer les lieux
Jadis témoins de son enfance,
Demandèrent en conséquence
Que par un grand bienfait envers leur nation
Il signalât sa prédilection.
Jupin, oyant leur prière,
Aussitôt leur envoya
Son messager ordinaire,
L'agile fils de Maïa,
Pour leur interpréter sa volonté suprême.
— Peuple crétois, votre maître et le mien,
Dit le courrier, afin de vous prouver combien
A votre égard sa tendresse est extrême,

Vous permet de lui demander
Ce que vous croyez convenable;
Et si par cas l'objet n'était pas raisonnable,
Ou qu'un obstacle insurmontable
Empêchât de vous l'accorder,
D'en requérir un autre il vous sera loisible,
Et si cet autre est encore impossible,
Vous pourrez aller jusqu'à trois;
Mais à ce nombre toutefois
La faculté sera prescrite:
Or avisez, et n'allez pas trop vite. —
Il dit. On délibère, et sans exception
Tous votent pour l'exemption
De travail, de douleur et des soins de la vie.
En souriant Mercure alors s'écrie:
— Tout doux; pour les humains un tel sort n'est pas fait;
C'est là des immortels l'exclusif apanage;
Formez donc un autre souhait
Et plus recevable et plus sage. —
Lors dirent les Crétois : — Qu'il soit au moins permis
D'échanger entre nous nos maux et nos soucis.
— Volontiers, et pour cela faire,
Répond le commissionnaire

De Jupiter, il ne faut qu'indiquer
Le lieu, le temps où vous pourrez troquer. —
Sitôt dit sitôt fait; chacun, ainsi qu'on pense,
Au rendez-vous accourt avec transport:
Les pauvres, brûlant d'espérance,
Vers les riches s'en vont d'abord;
Mais en voyant leur jalousie
Et ces frayeurs dont leur vie est remplie,
Dès lors ils ne convoitent plus
Le sort des enfans de Plutus:
Des riches, à qui les sages
Avaient tant de fois vanté
Les précieux avantages
De la médiocrité,
La troupe également s'empresse
Vers ces gens qui, possédant peu,
Occupent un juste milieu
Entre ces favoris que l'aveugle déesse
Dota d'une prodigue main,
Et cette innumérable foule
Qu'avec un si cruel dédain
En marâtre inhumaine à ses pieds elle foule;
Mais voyant leur frugalité

Et toute leur parcimonie,
De troquer avec eux plus elle n'eut d'envie.
Fort longtemps le marché dura,
Et sans y terminer seulement une affaire
Tout le monde se sépara.
Un vœu restait encore à faire;
On demanda d'un accord général
Que de l'urne du sort par égale mesure
Sortît pour les Crétois et le bien et le mal.
— Au nom de Jupiter, continua Mercure,
Je vous promets non seulement
De satisfaire à cette autre demande,
Mais je veux que du bien pour vous dorénavant
La somme soit du double encor plus grande,
Et sans désemparer je m'en vais envers tous
Exécuter ma promesse divine.
Çà, tour à tour en ordre approchez-vous. —
Vient d'abord le roi de Gortyne
Exposer d'un ton fort piteux
Que ses officiers de finance
Lui causant grande défiance,
Il est pour lui très-malheureux
De ne pouvoir compter sur eux.

— Ce mal n'est point réel, lui répondit Mercure;
Si tu veux t'affranchir d'une pareille cure
Choisis bien tes commis. Après? — Mes courtisans
Me sont suspects. — Mal volontaire;
Entoure-toi d'honnêtes gens,
Et tu ne craindras rien. — Enfin, soucis constans
De ce que dira le vulgaire
Sur le propos de mon gouvernement.
— Mal purement imaginaire:
Fais ton devoir; peu t'importe comment
De toi le peuple glose. Au reste
Est-ce là tout? Je crois, en vérité,
Que tu comptes pour rien, dit l'envoyé céleste,
L'indépendance et la santé.
Pour agir selon l'équité
Et le traité que nous venons de faire,
Je m'en vais à deux biens si grands
Ajouter un mal nécessaire,
Et c'est la fièvre pour trois ans. —
Après celui-là se présente
Un homme revêtu d'une charge importante,
Qui détaille en ces mots
La liste de ses maux:

— Sur la fidélité d'une épouse bien chère
J'éprouve des soupçons. — Chimère,
Répond le dieu d'un air railleur.
— Un procès ruineux que j'ai perdu naguère
Me cause une vive douleur.
— Ce mal est encor volontaire;
Pourquoi t'obstinais-tu, comptant sur ton crédit,
A soutenir une mauvaise affaire?
— Je perds toujours à certain jeu maudit.
— Parbleu! mais de jouer est-il tant nécessaire?
Certes des maux c'est le plus arbitraire.
— Ces nombreux mortels que le sort
Dans ma sujétion fit naître,
Me haïssent tous à la mort;
Cela n'est pas douteux. — Peut-être;
Et quand il serait vrai, pour te rendre le maître
De toute leur affection
Seulement songe à te défaire
De tes défauts : ce mal n'est rien qu'imaginaire. —
Quant aux biens il n'en fut nullement question.
Mercure dit alors : — Cette belle lignée,
Fruit du plus heureux hyménée,
Et qui fait l'ornement de ta riche maison,

Et ce poste éminent d'où ta tête s'élève
Sur tant de milliers de gens,
Tandis que d'un seul homme à peine tu dépends,
Tous ces biens ne sont-ils qu'un rêve?
Il faut pour contrepoids ajouter le trépas
De l'aîné de tes fils. — Soudain notre homme, hélas!
En reçoit l'affreuse nouvelle.
Après cela vient un marchand
Conter aussi sa kyrielle:
— Je m'alliai, dit-il, pour mon argent
A la maison d'un homme en place,
Et ma sotte femme à présent
Outrage sans cesse ma race.
— Hé mais, Georges-Dandin, pourquoi l'épousais-tu?
— Mon fils par son libertinage
Mange en herbe mon héritage.
— C'est bien ta faute encor; comment à la vertu
Ne l'élevais-tu pas dès sa plus tendre enfance?
— Tous ces beaux messieurs de la cour
Qui dans mon coffre-fort vont puiser chaque jour
Afin de satisfaire à leur folle dépense,
En donnant leur honneur pour toute sûreté,
Me font un accueil à la glace

Lorsque je vais dans leur société,
Et souvent même ils me quittent la place.
—Hé mais, quelle nécessité,
Répond Mercure en éclatant de rire,
Parmi tous ces gens-là, beau sire,
T'oblige de t'aller mêler?
Or çà, mais de tes biens tu ne daignes parler;
Est-ce pourtant une chose commune
Que de décupler sa fortune
Dans l'espace de quelques mois,
Et d'avoir des palais dont la magnificence
Ne le céderait point à ceux même des rois?
Comme il faut que tout se compense
Suivant notre convention,
Je vais y joindre le naufrage
De ce riche vaisseau qui, venant de Sidon,
Pour toi dans ce moment fend la liquide plage. —
Après cela nul n'eut plus le courage
De s'aller encor présenter
Devant le clairvoyant Mercure;
Crainte de pis on aima mieux rester
In statu quo, ce qui fut, chose sûre,
Bien avisé. Mais que faut-il conclure?

Qu'aucun mortel onc ici bas
De travail, de soucis, de maux et de tracas
Ne peut avoir franchise entière;
Ensuite que tous les états,
Chacun de diverse manière,
En ont leur bonne portion,
Et changer de condition
Ce n'est que changer de misère;
Enfin que de nos maux, dont à la vérité
A celle de nos biens la somme est d'ordinaire
Supérieure en quantité,
La plupart sont soumis à notre volonté.

Le Maltôtier à Confesse.

Un Maltôtier, gagnant le jubilé,
Se confessait d'avoir au fisc naguère
Dans un seul coup cinq mille écus volé.
— Calculez-vous bien juste, dit le père,
Et par-dessus n'est-il pas quelques cents? —
A répliquer le partisan fut leste:

— Pour compter rond mettez vingt mille francs;
Demain matin j'irai prendre le reste.

Le juste Prix.

L'APRÈS-MIDI d'un jour que le Verseau
Vidait son urne, on aurait dit un seau,
Tant d'une main assez peu ménagère
Il arrosait le monde sublunaire,
La cour, dit-on, d'un prince qu'on nommait
Roi Fainéant, un peu s'assoupissait;
L'ennui partout circulant à la ronde,
A bouche close, à qui mieux, on bâillait;
La cour d'ailleurs est le pays du monde
Qui par l'ennui le plus est fréquenté;
On le sait bien, car sans égalité
Onques ne fut société joyeuse.
De ce temps-là carrousels et tournois,
Et cette guerre encor plus glorieuse
Où maint brutal sur les hôtes des bois
Va décharger la rage furieuse

Qu'il ne peut point assouvir sur les gens,
Etaient des rois les passe-temps barbares;
Mais pour ce jour il pleuvait à torrens;
Bon gré, malgré, fallait garder les lares:
Livres alors étaient meubles fort rares;
On proscrivait, et pour bonne raison,
Un vain savoir, partant peu de lecture,
Et dans le monde à peine savait-on
Qu'il existât une littérature
Grecque et latine; Horace, Cicéron,
Platon, Virgile, Anacréon, Homère
Obscurément gisaient dans la poussière;
De comédie on ignorait le nom;
Les Troubadours de l'art des vers encore
Dans ce pays n'avaient montré l'aurore;
La danse était un plaisir défendu,
Et le plain-chant, tenant lieu de musique,
Hors des lieux saints n'était guère entendu;
On n'avait point en ce siècle gothique
Tous ces beaux jeux d'adresse ou de hasard
Que le loisir inventa dans la suite:
Pour ce jour donc au seul Colin-Maillard
Fort tristement la cour était réduite,

Lorsqu'à propos un certain égrillard
Dit : — Mais, parbleu, je crois que pour mieux rire,
Dans nos plaisirs il faudrait varier,
Et nous devrions conséquemment prier
Monsieur le Fou du bon roi notre sire
De vouloir bien tous nous apprécier;
Il a d'ailleurs le pouvoir de tout dire :
Car en ce temps être le Fou du roi
N'était en cour un si chétif emploi;
Quand les soutiens du bon pays de France
Pour obtenir une courte audience
Sollicitaient plusieurs jours à l'avance,
Le Fou du roi pouvait à volonté
S'entretenir avec sa majesté
Et sans réserve et sans formalité,
Et qui plus est avait ample licence
D'impunément dire la vérité.
Mais revenons. Au jeu que l'on propose
La cour souscrit, et le Fou se dispose
A commencer ses graves fonctions,
Se gratte au front, et sur-le-champ débute
Par ceux que vains à la cour on répute,
Les évalue à force millions,

En ajoutant que tout l'or du Pactole
N'équivaut point à leur rare valeur;
Les courtisans par l'appréciateur
Sont estimés chacun à tour de rôle,
Mais estimés de prix fort différens,
Selon les cas ou l'humeur ou les rangs,
Les uns un sou, les autres une obole.
Lorsque chacun fut prisé, fors le roi,
Celui-ci dit : — Venons enfin à moi;
Que vaux-je donc? — Vous, sire, une pistole.
— Une pistole! Hé quoi, maudit bouffon,
Y penses-tu! Comment! mais ma chemise
Vaut bien cela. — Dans l'estimation
Vous voyez bien qu'aussi je l'ai comprise.

L'Impudence.

— Ce cavalier que tu m'avais promis
De ne plus voir, cependant hier, ma chère,
Revint chez toi, — disait d'un air soumis
A son épouse un mari débonnaire.

Elle répond sans se dérouter guère :
— Oh! pour le coup sûrement vos argus
Sont en défaut, puisque ce personnage
A mes regards onc ne se montra plus
Depuis qu'il sut qu'il vous faisait ombrage.
—Mon Dieu c'est moi, moi-même qui le vis.
— Fi! laissez donc cet affreux badinage!
Je m'en vais bien vous attraper je gage ;
Voyons un peu ; comment son habit? — Gris.
— Bon; à quelle heure? — Hé mais, de cinq à six.
— Méchant! voilà, voilà bien les maris!
Eh! ton cœur donc ne m'aime plus, volage?
Non, c'est fini; car tu crois davantage
Ce que tu vois que ce que je te dis.

La Double Caution.

Mondor, connu par ses douze faillites
Et ses trésors, fruit de gains illicites,
Un de ces jours chez lui manda venir
Certain garçon pour en faire son page :

— Çà, mon enfant, dit-il, quel est ton âge?
-Quinze ans. -Et ton pays?-Normand pour vous servir.-
Alors Mondor prend sa lunette,
Et des pieds jusques à la tête
Lorgne le drôle à bout portant,
Et puis marmotte entre ses dents : — Figure...
Passablement jolie; allure...
Leste assez; doigts crochus... Page et Normand
A caution c'est sujet doublement.
Va, mon ami, poursuivit le vieux rêtre,
Ton air me plaît; qui sera répondant?
— Quant à moi j'ai d'abord mon ancien maître
Pour caution, répond l'adolescent,
Et s'il le faut j'en donnerai mainte autre;
Mais vous, monsieur, qui sera donc la vôtre?

La Grâce sollicitée.

DANS un endroit fort distant de la ville
Chassait un roi, qui, surpris par la nuit,
Chez un fermier pour ce soir fut réduit
D'aller chercher au plus vite un asile:

Le paysan, bon gré, malgré, reçut
Le roi, ses gens et ses chiens comme il put.
Le lendemain, quand l'heure de la chasse
Les rappelait aux champs, sa majesté
Dit au rustaud : — Que faut-il que je fasse
Pour te payer ton hospitalité ?
Çà, mon ami, demande quelque chose.
— Je vous prierais donc, sire... mais je n'ose...
Cela pourrait vous fâcher. — Je promets
Que non ; allons, explique-toi donc vite.
— De vouloir bien, si par ici jamais
Vous repassez, choisir un autre gîte.

La Providence.

QUAND au haut du Sina, dans une conférence,
Moïse nez à nez parlait à Jéhova,
Cet Hébreu curieux tint sur la Providence
Certain propos que Dieu trouva
Sentir un peu l'impertinence,
Ou tout au moins bien indiscret ;

Pourtant, sans se mettre en colère,
Il dit au circoncis : —Tiens, pour te satisfaire,
Regarde seulement dans ce vallon secret. —
Le Juif regarde, et voit un militaire,
Sur une fontaine baissé,
Qui dans l'onde se désaltère,
Puis s'en va. Par la soif également pressé,
Vient un jeune berger boire à la même source :
Le militaire avait laissé
Par mégarde tomber sa bourse;
Le berger l'aperçoit, il la ramasse, et part.
Peu de temps après un vieillard,
Courbé sur sa béquille et se traînant à peine,
Clopin clopant arrive à la fontaine,
S'incline en gémissant, tâte l'onde d'abord,
Boit après, se relève et puis s'assied au bord,
Et puis enfin s'endort;
Il s'endort; mais, hélas! que ce funeste somme
Va lui coûter bien cher! Le soldat cependant,
Du déficit s'apercevant,
Retourne sur ses pas, et, trouvant là cet homme,
Contre lui forme maint soupçon,
L'éveille, et sans autre façon

Lui demande l'argent : le vieillard se relève
Et, tout saisi d'étonnement ;
Doutant d'ailleurs si ce n'est point un rêve,
Lui répond en balbutiant.
A cette réponse peu claire,
Au trouble qui la suit, déjà le militaire
Tend la main pour prendre son or;
Mais, revenant à soi, le vieillard lui proteste
Qu'il n'a point trouvé de trésor:
Le soldat, furieux, menace, jure, peste,
Et le barbon insiste tant qu'enfin
L'autre, qui de rage bouillonne,
Sans pitié lui perce le sein.
A ce coup Moïse frissonne.
— Avant, dit Jéhova, que de vouloir juger
De l'événement qui t'étonne,
Sache que le vieillard que l'on vient d'égorger
Fut jadis l'assassin du père
De ce même jeune berger
Qui tient l'argent du militaire.
Adore aveuglément les sévères décrets
De la Providence divine ;
Trop faibles sont tes yeux pour observer de près

Le jeu de ces ressorts secrets
Qui du monde moral font aller la machine.

Le Mariage.

Colas hier, en abordant Damis,
Lui dit : —Voisin, toute affaire cessante
Il faut venir aux noces de mon fils
Après demain. — Quelle raison pressante
Peut, répond l'autre, ainsi vous engager
A marier cet enfant-là si vite?
Je vous entends plaindre de sa conduite
A tout moment; ne peut-il pas changer?
Oh! quant à moi j'attendrais davantage,
Car son cerveau mûrirait avec l'âge.
— Eh! justement voilà ce qui m'engage
A l'établir; il est à parier
Que si jamais le drôle devient sage,
Plus il ne veuille alors se marier.

La Couronne Virginale.

D'un même coup le ciseau de la parque
Trancha le fil de deux beautés, hélas!
Qui pour aller passer la noire barque
De compagnie arrivèrent là-bas.
Soudain Caron aisément les remarque
A leur couronne, ou plutôt à leurs traits,
Et dans l'instant, chose assez peu commune,
Il se déride et cause avec chacune:
— Cet air chagrin annonce des regrets;
Eh! n'est-ce pas, dit-il, gentille brune,
Qu'il est cruel de quitter un amant?
Vous en aviez plus d'un assurément;
Votre beauté me le prouve d'avance.
—Vit-on jamais tel excès d'impudence!
Vieux radoteur, dit-elle vivement,
Vous me prenez pour une autre, je pense;
Et ma vertu.... — La, la, point de courroux....
Vous n'êtes pas aussi farouche, vous

Qui soupirez, vous la petite blonde.
Oh! je lis bien dans vos regards si doux
Que votre cœur encor dans l'autre monde
Reste enchaîné; parlez, n'est-il pas vrai?
— Sincèrement oui je vous l'avoûrai;
Un jeune enfant à peu près de mon âge,
Qui demeurait dans notre voisinage,
Me plaisait fort, et son doux entretien
Longtemps pour moi fut le souverain bien.
— Ah, ah, j'entends. — Patron, je vous le jure,
Je n'ai brûlé que d'une flamme pure
Pour ce garçon. — Nous le verrons bientôt.
Sachez que... mais parlons un peu moins haut....
Si vous avez laissé par aventure
De chasteté dérober la ceinture,
Votre couronne en débarquant d'abord
Spontanément tombera sur la rive. —
A ces propos paraissant attentive,
Soudain la brune avec un vif transport
Ote la sienne et la jette dans l'onde
En l'effeuillant, et cependant la blonde
Sans nul affront arrive à très-bon port.

La Paix et la Justice.

En entrant au sénat normand
Un plaideur encore novice
Vit un tableau représentant
La Paix embrassant la Justice.
— L'accord de ces divinités,
Dit-il, pleinement me rassure,
Et pour le gain de mon procès
J'en accepte l'heureux augure. —
Un vieux routier, habitué du lieu,
Lui répondit : — Erreur, mon camarade ;
Ces déités ne se font accolade
Que pour se dire un éternel adieu.

FIN DU LIVRE PREMIER.

NOTE

DU

LIVRE PREMIER.

---

1) ALBERT, surnommé le Grand, avait composé un automate qui articulait quelques mots ; ce qui le fit regarder comme sorcier. On prétendit qu'assourdi par le babil de cette androïde, (mot composé d'ἀνδρὸς, génitif d'ἀνὴρ, *homme*, et de εἶδος, *forme*) saint Thomas d'Aquin la mit en pièces.

LIVRE II.

Le Croquemort.

De Libitine un ministre fatal
Chargé de rendre à la commune mère
Nombre d'enfans dont Enyo naguère
Avait, hélas! rompu le fil vital,
L'air tout pantois, un beau matin vint dire
A l'officier commandant de leur corps :
— Parmi ces gens grand nombre encor respire,
Et les vivans, presque autant que les morts,
Y sont nombreux ; que faut-il que je fasse?
Plusieurs d'entre eux me demandent en grâce
D'être portés au prochain hôpital :
Si vous oyez, c'est un cri général,

Les secourir ce n'est pas mon affaire;
Non, pour remplir un pareil ministère
Assurément je ne suis pas payé,
Et, morts ou vifs, je les dois sans pitié
Tous enterrer; aussi j'ai voulu prendre
Votre conseil avant que d'entreprendre... —
L'autre interrompt du ton le plus brutal:
— Comment, poltron, comment tu les redoutes!
De leurs vains cris ne t'inquiète fort,
Va, va ton train; car si tu les écoutes,
Sois bien certain qu'aucun ne sera mort.

La Déclaration de Grossesse.

Au bon vieux temps, lorsque l'avortement
Ne servait point de masque à la sagesse,
Certaine fille un jour, conformément
Aux lois d'alors, déclarait sa grossesse.
Quand il fallut de l'auteur du délit
Donner le nom, elle balance, hésite,

Rougit, pâlit, se trouble et dit ensuite :
— L'enfant est mien ; cela je crois suffit. —
En souriant le juge répondit :
— Pouvez-vous donc nier qu'il ne soit vôtre ?
Plus, quel qu'il soit, ne lui devez-vous pas
Donner un père ? — Eh ! seigneur, en ce cas,
Pourquoi pas vous tout aussi bien qu'un autre ?

La Bravoure raisonnée.

VA-DE-BON-CŒUR, que l'on voit tour à tour
Brave ou poltron selon le cas, un jour
Rouait de coups un gars qu'à la charrue,
Jeunet encor, la dernière recrue
Avait ravi dix jours auparavant,
Quand un soldat, compagnon du bravache,
Passe et soudain crie en l'apercevant :
— Est-ce bien lui ? Comment, c'est donc ce lâche
Va-de-bon-Cœur que j'ai si rudement
Non loin d'ici frappé dernièrement
Sans éprouver la moindre résistance ?
Et depuis quand cette grande vaillance ?

Mes yeux, enfin ne me trompez-vous pas? —
L'autre répond : — De grâce, parlez bas.
Oui, c'est vrai; mais, soit dit sans conséquence,
Faut avouer que vous et moi savons
A qui nous nous adressons.

L'Actrice.

DANS certain drame une actrice fameuse,
Dont la vertu paraît assez douteuse,
Avait joué vêtue en cavalier;
Après la pièce elle vint au foyer,
Et dit : — Parmi cette foule nombreuse
De spectateurs, la moitié sans mentir
Me croit garçon, tant de me travestir
Je connais l'art. — Lors un plaisant ajoute :
— Cela se peut, madame; mais sans doute
L'autre moitié sait à quoi s'en tenir.

L'Immortalité, ou le Saut.

Un malheureux, dont l'amour de la gloire
Avait troublé le faible entendement,
Et qui voulait figurer dans l'histoire,
Faute de mieux, près de ce garnement
Qui de Diane alla brûler le temple,
Digne en effet de lui servir d'exemple;
Ce furieux un jour à son gardien
Tint ce propos : — Ne voudrais-tu pas bien
Avec mon nom transmettre aussi le tien
A nos neveux? De Montlhéry sans doute
Tu sais la tour, mon ami; n'est-ce pas?
Hé bien, voici ce qu'il faut faire; écoute:
Nous nous devrions jeter du haut en bas;
Dans trois mille ans aux passans, je te jure,
On contera cette grande aventure. —
Et le tirant fortement par le bras :
— Ami, dit-il, courage; de ce pas
Hâtons-nous donc, épris d'un noble zèle,

D'aller chercher une gloire immortelle
En affrontant bravement le trépas. —
L'autre répond : — Pour moi je ne vois guère
Dans tout cela qu'un acte assez vulgaire,
Et doutez-vous que comme nous un sot
Ne puisse point faire le même saut?
Mais ce serait chose extraordinaire
Si nous allions sauter du bas en haut.

La Civilisation.

Ainsi qu'un Grec, jeté par le naufrage
Sans savoir où, dès qu'il eut débarqué
 Sur la grève ayant remarqué
Maint caractère, avait crié : — Courage,
Je ne suis pas chez un peuple sauvage, —
Certain Gascon, en pays inconnu
Par cas fortuit également venu,
Du genre humain recherchait quelque trace,
Quand d'un gibet se trouvant face à face:
— Je vois, dit-il dès qu'il l'eut avisé,

Qu'à Dieu je dois enfin la grâce
D'être en pays civilisé.

La Bonne Aubaine.

PURGON un jour, écoutant le récit
D'un patient qui, cloué dans son lit,
Péniblement de point en point détaille
A petit bruit le mal qui le travaille,
Subitement s'écrie avec transport:
— C'est cela même.... O l'heureuse trouvaille!
Bravo! bravo! que je bénis mon sort!
Quel grand bonheur! Je n'aurais de ma vie
Jamais pensé... — Ma santé va donc mieux,
Dit le gisant, si par votre air joyeux
J'en dois juger; ainsi ma maladie
Est donc... — Mortelle, ajoute vivement
Le médecin, et vite à vos affaires
Il faut songer, puisque dans un moment
Vous partirez pour rejoindre vos pères;
Mais pouvez-vous concevoir aisément
De quel plaisir, de quel contentement

Mon âme doit se trouver enivrée ?
Depuis cent ans la pituite vitrée
Dans ce pays pour nous absolument
Etait perdue, et je l'ai recouvrée.

Le Prix ajourné indéfiniment.

Dans une ville il était autrefois,
A ce qu'on dit, un us assez bizarre;
Quand deux époux juraient qu'aucune fois
Ils n'avaient eu querelle dans un mois,
Pour guerdonner une chose si rare
Le magistrat leur accordait un prix.
Un mois, un an, puis un lustre, puis dix,
Un siècle et plus encore s'écoulèrent
Sans décerner cet encouragement :
Deux prétendans enfin se présentèrent ;
Le magistrat, selon le règlement,
Entre ses mains les fit prêter serment,
Et puis leur dit : — Or actuellement
Qui de vous deux doit recevoir la somme ? —
(Le prix était en argent monnayé.)

Sans hésiter, — C'est moi, répondit l'homme.
— De ce matin, s'écria sa moitié,
Voilà, voilà le train qui recommence ;
Pour m'engager à garder le silence
Sur nos débats ne m'as-tu pas promis
Que cet argent à moi serait remis ?

La Destinée.

C'est pour notre bonheur qu'un voile impénétrable
Dérobe à nos regards l'incertain avenir,
Et nul homme jamais n'osa le découvrir
Sans expier bientôt cette audace coupable ;
En voici, ce me semble, un exemple notable :
Semnon vivait en paix ; sa médiocrité,
En faisant jusqu'alors le bonheur de sa vie,
Le mettait à couvert des poisons de l'Envie,
Dont la vue inquiète avec avidité
Sur le palais du riche est sans cesse tournée ;
Heureux s'il n'avait pas eu la démangeaison
De vouloir pénétrer sa triste destinée !
Il s'en va consulter l'oracle d'Apollon,

Qui lui dit : — Pour punir ton aveugle impudence
Je veux bien à l'instant satisfaire tes vœux :
Sache donc que du sort, ô mortel curieux!
Un immuable arrêt te réserve d'avance
Un avenir tragique autant que glorieux;
Par le joug de l'hymen t'unissant avec elle,
Sache enfin qu'une reine, aimable, jeune et belle,
Daignera sur son trône un jour te faire asseoir;
Mais tu mourras après, frappé de la main même
Qui sur ton front aura posé le diadême. —
Semnon, d'un air pensif, regagnait son manoir,
Et déjà sourdement fermentait dans sa tête
Un germe ambitieux, funeste fruit, hélas!
De la prédiction que l'oracle avait faite :
Pour en hâter l'effet, en son âme inquiète
Du monde seulement il rêve la conquête;
Il court dans les dangers affronter le trépas,
Signale sa valeur dans cent et cent combats,
Et, des héros d'alors le plus cher à Bellone,
Sa bravoure enfanta ces forfaits éclatans
Que l'on vit autrefois mener, selon les temps,
Cartouche sous la roue, ou César sur le trône.
Du jour déterminé par l'arrêt du Destin,

Où Semnon doit régner, l'aurore luit enfin ;
De la piédiction la première partie
Avec exactitude est soudain accomplie :
Sur le trône promis voilà Semnon placé.
Il avait jusqu'ici, d'illusions bercé,
Toujours du beau côté contemplé sa fortune :
De sa chute aujourd'hui la crainte l'importune ;
Le sommeil fuit les yeux du malheureux Semnon ;
Dans son cœur agité se glisse le soupçon ;
Sa femme tous les jours lui devient plus suspecte ;
Il ne sait point cacher sous le déguisement
Le trouble dévorant qui sans cesse l'affecte :
La princesse aperçoit ce refroidissement ;
Nul terme modéré dans ce sexe charmant,
Qui ne connut jamais l'indifférence vaine,
De l'amour comme on sait ne sépare la haine ;
Ne pouvant donc souffrir un dédain si cruel,
Elle fait le serment de se venger. A peine
Huit jours ont éclairé cet hymen solennel,
Alors que, recevant un breuvage mortel,
Semnon tombe expirant sous les yeux de la reine.

Le Pédant.

On montrait au docteur Pancrace
Un jeune enfant dont le savoir
Donnait le plus brillant espoir;
Le docteur, faisant la grimace,
Dit : — J'ai vu souvent dans ma classe
Ces phénomènes prétendus;
Mais savez-vous ce que j'en pense?
Ces bambins pleins d'intelligence
Deviennent des esprits obtus
A mesure que l'âge avance. —
A ce propos l'enfant sourit
Et répond : — Monsieur dans l'enfance
Sans doute avait beaucoup d'esprit?

Le Mal d'Enfant.

Huit mois tout juste après le sacrement
La jeune Rose un jour se vit en proie
Au mal cruel qui de l'enfantement
Est précurseur : en voyant son tourment,
Chez le mari l'inexprimable joie
Que donne un fils à son avénement
Dans le chagrin s'éclipsa tout entière;
C'était au reste une façon d'époux
Tel qu'en effet il n'en existe guère,
Bon, complaisant, et surtout point jaloux;
Auprès du lit de son aimable Rose
Le cher bonhomme, enfin mort à demi,
De tendres pleurs abondamment l'arrose.
— Console-toi, dit-elle, mon ami,
De ma douleur, hélas! tu n'es pas cause.

Les Applaudissemens.

Un orateur avait bien péroré,
Ergotisé, prouvé, nié, narré;
Sans trouble aucun on l'avait laissé faire
Une heure au moins, quand l'assemblée entière
Spontanément bat des mains en criant :
— Bravo! bravo! beau! sublime! charmant! —
Le Cicéron, qui ne s'attendait guère
A tout cela, par ces cris étourdi,
Vers ses voisins se tourne avec surprise :
— Pourquoi, dit-il, suis-je tant applaudi?
Ai-je lâché quelque grosse bêtise? . . .

L'Affliction.

Dans sa douleur, en se cognant la tête
Contre le mur, invoquait le trépas
L'épouse d'un quidam prêt à franchir le pas;
Soudain la Mort paraît et dit : — Me voilà prête

A vous servir; pourquoi m'appelez-vous? —
La femme lui répond : — Oh! c'est pour mon époux.

Le Parvenu.

Un parvenu de date fort récente,
Lequel, parti de bas lieu, toutefois
Grimpa pourtant jusqu'aux plus hauts emplois,
Etait en proie à la langue mordante
De quelques gens qui ne valaient pas mieux,
Mais seulement de qui les bons aïeux,
Fort prévoyans, avaient déjà d'avance
Au temps jadis tout fait pour leurs neveux;
Ces gens-là, dis-je, un jour sur sa naissance
Grossièrement raillaient le parvenu,
Qui leur répond d'un ton plein d'assurance :
— Si, loin d'avoir ce nom déjà connu
Que vous souillez plus qu'il ne vous honore,
Et dont ici tant vous vous prévalez,
Ainsi que moi vous fussiez nés valets,
Probablement vous le seriez encore.

Le Prisonnier de Guerre.

—Hola, holà, voyez la bonne proie ;
Nous avons fait un Français prisonnier, —
Criaient un jour, tout transportés de joie,
Deux Allemands, soldats de leur métier ;
Ce qu'entendant certain bas-officier,
Leur répondit : — Puisque le sort le livre
Entre vos mains il faut bien l'attacher,
Puis emmenez-le. — Oui, s'il voulait nous suivre.
—Laissez-le donc. — S'il voulait nous lâcher.

FIN DU LIVRE SECOND.

LIVRE III.

La Reconnaissance imprévue.

QUELQUE part La Fontaine a dit que la vengeance
Est un morceau de roi : je lui cède ce point ;
Mais à l'égard de la reconnaissance
Chez les humains je ne la cherche point.
A ce sujet je me propose
De mettre en rimes un vieux fait
Tel que maint grave auteur l'expose,
Et que tout le monde connaît.
A Rome au public on donnait,
Pendant je ne sais quelles fêtes,
D'un féroce combat de bêtes
Le spectacle brutal et digne à tous égards
D'une nation inhumaine :
Entre les champions qui vinrent dans l'arène
Un lion monstrueux fixa tous les regards ;

A sa taille bientôt répondant ses prouesses,
Dans un instant il mit en pièces
Un grand nombre d'infortunés
A lutter contre lui ce jour-là destinés.
A son tour paraît un esclave
Abattu, chancelant, dans un grand déconfort,
Et dont l'œil fixe et le teint hâve
Offraient dans un vivant le vrai portrait d'un mort:
Sitôt que le lion eut vu ce misérable
Il parut devenir affable
Autant qu'auparavant il était inhumain,
L'embrassa de sa queue et lui lécha la main.
L'esclave, épouvanté, qui ne s'attendait guère
A tout ceci, d'abord ne s'en aperçut pas;
Ses yeux, déjà couverts des ombres du trépas,
A la fin recouvrant leur usage ordinaire,
Dans cet animal généreux
Il reconnaît son ancien camarade,
Et l'étreint dans ses bras d'un air affectueux;
On aurait cru voir entre eux
Se reconnaître Oreste avec Pylade.
O pour l'humanité spectacle trop honteux!
D'un prodige pareil tout le monde s'étonne.

Le prince, instruit d'un tel événement,
Mande l'esclave, et longuement
Sur cet objet le questionne
En lui promettant son pardon.
L'esclave, rassuré, dans ces termes s'explique :
—Seigneur, Androclès est mon nom;
Je servais jadis en Afrique
Chez un maître des plus brutaux,
Où je manquais souvent de nourriture,
Travaillant jour et nuit sans prendre aucun repos,
Et recevant des coups outre mesure:
A ces barbares traitemens
Par une fuite salutaire
Je résolus de me soustraire.
Après avoir erré longtemps
Dans les déserts de la Lybie,
Brûlé par la chaleur, fatigué du chemin,
N'en pouvant plus, j'eus fantaisie
De m'aller reposer dans un antre voisin:
A peine fus-je dans l'antre
Que ce même lion entre,
Vers moi s'avance en boitant,
Et, tout à coup s'arrêtant,

Il me présente une patte sanglante,
Voulant par-là m'engager
A le soulager:
J'en tirai d'une main tremblante
Une épine qui lui causait
Une douleur insupportable;
Le bon lion pour ce bienfait
De mille caresses m'accable,
Et dès lors en grande union
Avec lui je vécus tranquille,
Trouvant ainsi chez un lion
Contre le genre humain un secourable asile.
Notre société dura près de trois ans;
Alors lassé de ce genre de vie,
De revoir quelque humain il me prit grande envie:
Les hommes, quoique malfaisans,
Ne goûtent de plaisirs durables
Que réunis à leurs semblables;
La Nature le veut ainsi.
Sans prendre congé de mon hôte
Je partis donc; mais non loin de la grotte
Par des soldats romains je fus bientôt saisi.
A mon maître on me ramène:

Lui de me condamner à périr dans l'arène.
Aux bêtes, par son ordre, on m'a donc exposé;
Mais ce lion, plein de reconnaissance,
A loyalement refusé
D'exécuter cette horrible sentence.

L'Enlèvement.

L'Air effrayé, dans l'ombre du mystère,
Mons Dorimont accourut l'autre jour
Pour avertir son cher ami Valère
Qu'on était prêt de lui jouer d'un tour.
— Prenez, dit-il, prenez bien vos mesures;
On doit venir, la chose est des plus sûres,
Vous enlever l'objet que votre cœur
Chérit sans doute avec le plus d'ardeur.
— Mon coffre-fort? C'est bien l'objet, je pense,
Dont vous croyez que je suis tant épris.
Oh! les voleurs vont être bien surpris
De n'y trouver... mais pourtant par prudence,
Holà, mes gens, courez en diligence

Bien fermer tout. — Hé, laissez-moi finir;
Votre or n'est point ce que veulent ces traîtres ;
C'est votre épouse, ami, qu'on vient ravir.
— Ouvrez donc vite et portes et fenêtres.

Les Damnés.

En débarquant sur l'infernale plage
Un financier fut soudain reconnu
Par un damné qui fut jadis son page,
Lequel lui dit : — Soyez le bien venu ;
Puis-je savoir ce qui mène mon maître
Dans ces lieux-ci ? — Las ! mes exactions
Pour enrichir un de mes rejetons,
Qu'étant chez moi tu dois avoir vu naître :
Mais toi, mon cher, pourquoi donc te voilà?
— Pour avoir fait ce même poupon-là.

Le Complimenteur.

Un harangueur, de ceux dont on voit tant
Par tout pays, au fond de sa province
Un beau matin complimentait un prince;
Après avoir, comme cela s'entend,
Longuement dit cent une impertinence;
Qu'il eut vanté son auguste clémence,
C'était pourtant un monarque fort dur,
Et, quoiqu'il fût encor le plus obscur
Des roitelets, prouvé sa ressemblance
Aux plus hupés de l'héroïque engeance;
Quoiqu'il ne fût rien qu'un roi fainéant,
Qualifié César, et que, nombrant
Les régions par sa valeur conquises,
Dis-je, il l'en eut proclamé le vainqueur,
Gratuitement, parmi d'autres sottises,
Le Cicéron ajouta qu'en son cœur
Il souhaitait avec beaucoup d'ardeur
Que de ce roi, des rois le vrai modèle,

Le règne *heureux*, *illustre* et *sans pareil*,
Durât au moins autant que le soleil.
Le roi répond en riant : —Votre zèle
Assurément me fait beaucoup d'honneur;
Mais, selon vous, mon pauvre successeur
Régnerait donc à la chandelle ?

Les Pas perdus.

La Mort, avec sa faux en main
Et toute sa lugubre escorte,
Chez un agonisant arrivait un matin :
Avant de frapper à la porte,
Entre deux médecins elle entend des débats;
Aussitôt la Mort s'arrête:
— Oh ! dit-elle, n'entrons pas
Ici; ma besogne est faite.

La Puissance en défaut.

D'un grand nom précédée, à Berlin un beau jour
Certaine cantatrice arrive; la nouvelle
Dans le même moment en parvient à la cour.
Pour ouïr cette voix qu'on répute si belle
Frédéric dit le Grand, brûlant d'un vif désir,
Commande que l'artiste ait ordre de venir;
Un page sur-le-champ vole l'en avertir:
— Sa majesté, dit-il, qui veut bien vous entendre,
Près d'elle vitement vous enjoint de vous rendre. —
La virtuose alors, sans se déconcerter,
Répond au messager : — Hé, dis donc inviter,
Mais enjoindre non; car cependant que ton maître
Pour me faire pleurer a cent moyens peut-être,
Il n'en a pas un seul pour me faire chanter.

Réponse de l'Oracle de Delphes.

En Béotie un voyageur, dit-on,
Au temps jadis vit maint et maint mouton
Qui, dépouillant leur benin caractère,
Se déchiraient d'une horrible manière;
Le pélerin, étonné d'un tel cas,
Va d'Apollon consulter la prêtresse,
Qui lui répond : — Ne vous effrayez pas;
C'est qu'ils ont bu dans les eaux du Permesse.

La Précaution.

Certain valet, par ordre de son maître
Près de gagner ce pays ténébreux
Où par chemins sans nombre l'on pénètre,
Tandis qu'un seul pour sortir de ces lieux
Ne s'y vit onc; ce valet chez un prêtre
Fut dépêché, dis-je, pendant la nuit :
A l'huis en vain il gratte à petit bruit

Une heure au moins ; l'autre à la fin l'ouït
Ne sais comment, et soudain il lui crie :
— Qui frappe là ? — Sauf votre bon plaisir,
Je viens, monsieur, vitement vous quérir
Pour assister mon maître à l'agonie.
— Mais pourquoi donc ne pas cogner plus fort ?
— C'est que j'ai craint de troubler votre somme.
— En vérité, cependant le pauvre homme
Apparemment quand j'irai sera mort. —
Haussant la voix, le garçon continue :
— Oh ! pour cela ne craignez rien ; Damis
Notre voisin et sa femme ont promis
De l'amuser jusqu'à votre venue.

Le Style de Cour.

Sur le liquide élément
Désirant faire un voyage,
Un roi dépêcha son page
Pour s'en aller voir comment
Tout se passait sur la plage,
Et mander que promptement

Une nef fût préparée.
Le gars revint dans l'instant :
—Tout est prêt, et la marée,
Dit-il, sire, vous attend.

Le Brave.

Un rodomont, qui touchant sa valeur
Et ses hauts faits sans cesse braille
Dans son village, et sur le point d'honneur
Taquin s'il en fut onc, à tout propos ferraille,
Et partant poltron et demi,
Entre autres grands exploits et d'estoc et de taille,
Se vantait hier d'avoir d'un ennemi
Coupé le bras dans certaine bataille.
Comme quelqu'un lors objectait
Que lui trancher la tête eût été mieux encore :
—C'est fort bien dit, répond le matamore ;
Oui, mais on l'avait déjà fait.

Le Bien et le Mieux.

— Se marier, à mon avis, est bien,
Et mieux encor fuir le joug de l'hymen, —
Disait un jour à la jeune Colette
Son père Arnoux. La fille soupira,
Puis répondit en secouant la tête :
— Hé, faisons bien ; fasse mieux qui pourra.

L'Histoire.

Au travers de la poussière
D'un bataillon d'épais in-folio,
Quelqu'un voulait pénétrer de Clio
Le ténébreux sanctuaire.
Dès l'abord tendant la main
A l'écolier, la fille de mémoire
Doctement se met en train
De lui définir l'histoire,

L'exposé des événemens
Qui se passent dans tous les temps.
— L'histoire doit donc comprendre
Ce que l'on fait aujourd'hui?
— Belle demande! Sans doute, oui.
— Dieu me préserve de l'apprendre.

FIN DU LIVRE TROISIÈME.

LIVRE IV.

Le Flacon.

Un charlatan, avec autorité
Des magistrats, dans certaine cité
Fit annoncer qu'à neuf heures sonnantes,
Entre autres tours et choses surprenantes,
Le tout nouveau, le tout de sa façon,
On le verrait entrer dans un flacon.
Grand monde y court; la salle s'ouvre à peine
Que de badauds elle se trouve pleine :
A l'un des bouts s'élève un échafaud
Où la bouteille est mise en évidence;
Des curieux remplis d'impatience
La lorgnent tous : — Sans doute que là-haut
C'est le flacon, disent-ils, qu'on destine
A recevoir cet homme merveilleux. —
Et de plus belle encore on l'examine

Du haut en bas ; on la couve des yeux.
— Que je voudrais d'une heure être plus vieux !
S'écrie un d'eux en regardant sa montre;
Huit heures quinze.... Encore avant qu'on montre
A nos regards ce prodige inouï,
Il faut passer trois quarts d'heure d'ennui;
Puis est-il sûr qu'avec exactitude
On vienne à l'heure? — Oh! bien certainement,
Dit un second ; n'ayez d'inquiétude
Quant à cela ; j'en ferais le serment:
L'affiche porte *à neuf heures sonnantes;*
C'est bien je crois s'expliquer clairement. —
Plus loin des gens à cervelles savantes
Sur tout ceci dissertent gravement ;
A qui mieux mieux d'abord chacun explique
Combien, suivant les règles de physique,
Est impossible autant que saugrenu
Ce qui pourtant en ce lieu les rassemble ;
Pour le prouver ils parlent tous ensemble,
Et les grands mots *contenant, contenu,*
Et *vide* et *plein*, et *substance* et *matière*,
Viennent bientôt remplir la salle entière.
En tels propos le temps se passe enfin

Jusqu'au moment où l'heure dite sonne:
Chacun se tait et se tourne soudain
Vers le flacon ; mais c'est encore en vain;
Rien n'y paraît ; l'assistance s'étonne :
Il est le quart ; on crie, on s'époumone,
On bat des mains, on trépigne des pieds :
A la demie il ne paraît personne :
Les spectateurs, à la fin inquiets
En entendant sonner la dixième heure,
Demandent tous : — Pourquoi ne vient-il pas? —
Pour le savoir un exprès de ce pas
Va du hableur rechercher la demeure;
En revenant l'envoyé dit : — Voici
Ce grand mystère à la fin éclairci;
Tenant votre or bien mieux que sa parole,
Le saltimbanque est déjà loin d'ici ;
Or à loisir bâillez à la fiole. —

Vous qui riez de ces badauds nombreux,
Impatiens et la bouche béante,
Et puis enfin frustrés dans leur attente,
O mes amis ! ces mêmes curieux
Sont cependant votre image vivante,

Et tous les jours n'êtes-vous point comme eux
Grossièrement trompés? Met-on en vente
Un livre orné d'un titre fastueux,
Vous le lisez d'un esprit fort avide;
Qu'y trouvez-vous? Rien qu'un titre aussi vide
Que la bouteille, et convenez après
Que l'on vous joue aussi bien à peu près.

Le Père philosophe.

POUR tout soutien de sa race
Un homme avait deux enfans;
L'aîné pauvre d'esprit, mais très-riche en audace;
Le cadet fort timide et rempli de talens.
Le père, qui très-bien connut leur caractère,
Lorsqu'il se sentit près de son heure dernière
Mande le cadet : —Tiens la clef de ce tiroir,
Dit-il; là gît tout mon avoir ;
C'est pour toi seul; prends.— Le cadet hésite.
— Mais qu'a donc fait l'aîné pour qu'on le déshérite?
Répondit-il; je ne saurais ainsi
M'emparer de cette pécune.

— Pour mon aîné j'ai fort peu de souci;
C'est un sot, il fera fortune.

La Ressemblance.

Auguste vit dans un village
Quelqu'un qui lui ressemblait fort,
Même taille, même visage,
Même démarche, même port;
Bref c'était sa vivante image,
Au point que le plus fin, je gage,
S'y serait aisément mépris.
En le fixant d'un air surpris,
Le prince lui dit : —Votre mère
Venait-elle à Rome parfois?
— Jamais, répond le villageois;
Non, jamais, seigneur; mais mon père
Tous les ans y passait six mois.

Le Débiteur sincère.

La veuve Alix, d'une somme prêtée
Par son époux à certain garnement
Sans nul contrat, réclamait paiement.
Comme la dette était fort contestée,
Dame Thémis ordonna le serment;
Le débiteur le prête incontinent.
—Voyez un peu, s'écrie alors la femme,
Quel scélérat! comment il perd son âme!
— Et toi, dit-il, tu perds bien ton argent.

La Fontaine de Jouvence.

Il existait au temps jadis
Une fontaine de Jouvence
Qui faisait à l'instant revenir dans l'enfance
Les vieillards les plus décrépits
Alors qu'ils goûtaient de son onde:
Que l'on juge du grand concours

Qu'y devait affluer des quatre coins du monde;
Jamais Rome dans ses beaux jours
Ni Paris sur leurs avenues
A la fois n'ont vu tant de gens;
Si les venans exhalaient jusqu'aux nues
Soupirs, plaintes, gémissemens,
Les allans au contraire étaient gais et contens;
L'un chevauchait sur la béquille
Qui pour venir lui servit de soutien;
Par mainte plaisante vétille
Un autre égayait l'entretien....
Quant à la source elle était, dis-je, telle
Que ceux qui buvaient de son eau
Soudain voyaient dans son miroir fidèle
Leurs rides s'effacer et se tendre leur peau,
Leur œil éteint devenir vif et tendre,
Leurs traits et leurs formes reprendre
Avec un embonpoint nouveau
Toute leur ancienne élégance,
Du poil follet remplacer leur poil gris,
Le doux incarnat de l'enfance
Enluminer leurs minois rajeunis.
Cette fontaine salutaire

Ne coula pas longtemps, car les Destins cruels
Résolurent dans leur colère
D'en dérober l'urne aux mortels;
La terre tremble, et dans l'abîme
Elle l'engloutit à jamais.
On reconnut longtemps après,
Dans plus d'un vieillard cacochyme,
Qu'une partie au moins de la propriété
De cette onde passait à la postérité
De ceux qui jadis en goûtèrent:
Leur corps, il est bien vrai, resta caduc; leur peau
N'en fut pas moins ridée; en somme ils ne gardèrent
De l'enfance que le cerveau.

Le Connaisseur.

Un villageois, revenant de Paris,
Etait cerné par grand nombre d'amis
Ayant la bouche ouverte d'un quart d'aune,
Dont à qui mieux chacun le questionne
Sur ce qu'il vit ou fit dans ce pays.
— Mes passe-temps, dit-il, les plus chéris

Etaient d'aller aux thèses de Sorbonne;
Je m'y rendais toujours de grand matin,
Et n'en sortais souvent qu'à la nuit close.
— Sans toutefois y comprendre grand' chose,
Lui dit-on, puisqu'on y parle latin.
— Je distinguais pourtant la bonne cause
De la mauvaise autant que maints docteurs.
— Ah, ah, vraiment! — Oui, messieurs les rieurs,
Et bien certain je ne m'y trompais guère.
— Mais à quoi donc connaissais-tu... — D'abord
Le disputeur qui criait le plus fort,
En se fâchant contre son adversaire,
Etait celui qui toujours avait tort.

Mot de Piron.

Devant Piron une femme frivole
De Montesquieu critiquait hardiment
Tous les écrits; quand vint à tour de rôle
L'Esprit des Lois, dans son raisonnement
Notre censeur s'embrouilla tellement
Que Piron dit : — Dans ce pays aride

Vous vous perdrez; hé mon dieu, vitement
Sauvez-vous donc par le Temple de Gnide.

La Mission scabreuse.

En le chargeant d'un odieux message,
Un roi disait à son ambassadeur,
Qui paraissait avoir peu de courage :
— Va, compte bien que si, pour son malheur,
Dans ce pays on est assez impie
Pour violer ton caractère saint
Et pour oser attenter à ta vie,
Je fais trancher la tête à plus de vingt
Des principaux pour venger cette injure;
Je le promets, et s'il faut je le jure. —
L'autre répond : — Je ne saurais douter
Que vous teniez le serment que vous faites;
Mais pensez-vous qu'aucune de ces têtes
Puisse jamais à mon cou s'ajuster?

L'Exclamation édifiante.

L'AUMÔNIER d'un vaisseau du fond de sa cajute
Criait au patron : — Hé, quel temps fait-il ce soir?—
L'autre répond : — Monsieur, nous allons être en butte
Au plus cruel orage, hélas! qu'on puisse voir,
Et je crois grandement, aux signes que j'observe,
Qu'à minuit vous et moi serons en paradis. —
Troublé par la frayeur, — Qu'est-ce donc que tu dis?
Ajoute l'aumônier; que Dieu nous en préserve!

Le Drame.

UN jeune auteur sans doctrine et sans verve,
Mais qui pourtant rime malgré Minerve
Encore moins que malgré ses parens,
Faisait jouer je ne sais quelle pièce,
Lorsque son père avidement s'empresse
De demander à quelques assistans

Si les sifflets faisaient bien leur office,
Ou si le peuple au drame était propice.
On lui répond : — La pièce a réussi
Quoiqu'on bâillât, oui; mais couci-couci
Elle est pourtant passablement écrite;
Par-ci par-là des vers pas trop mal faits;
Mais elle pêche assez par la conduite. —
Le père dit : — Oh bien, je m'en doutais,
Car le drôle n'en eut jamais.

Le Barbouilleur.

—Je veux, disait un peintre de taverne,
De mon manoir blanchir les murs, et puis
Je les peindrai dans un genre moderne.
— Fais mieux, répond quelqu'un qui du Zeuxis
Parfaitement connaissait le mérite;
Peins-les d'abord, et les blanchis ensuite.

Chacun le sien.

POUR regarder mainte carricature
Fort gravement s'arrêta d'aventure
Chez un marchand connu, l'un de ces jours,
Un Espagnol doré comme un calice;
Un aigrefin, qui n'avait les doigts gourds,
En tapinois derrière lui se glisse,
Et sans façon retranche vitement
De son pourpoint maint riche passement:
Presque aussitôt le flegmatique Ibère
S'en aperçoit; mais il le laisse faire
Sans se tourner; il tire seulement
De son gousset une arme meurtrière,
Et dextrement lui tranche rasibus
Ce que Barjone abattit à Malchus.
Lors le filou, que la douleur réveille:
— *A l'assassin!* — L'autre *au voleur!* — Allons,
Paix donc, monsieur, paix; voilà vos galons.
— Et toi, maraud, tiens, voilà ton oreille.

*

La Dévote.

Une dévote, ayant le vif désir
Que son mari, sans doute peu fidèle,
De ses écarts songeât à revenir,
Fit d'*oremus* une ample kyrielle
Pour supplier Dieu de le convertir :
Bientôt après l'époux vient à mourir.
— Que la bonté du ciel, dit-elle, est grande !
Il donne encor plus qu'on ne lui demande.

Le Charlatan.

Un bateleur dans une cour d'Asie
Se faisait fort d'avoir l'art merveilleux
De rappeler aisément à la vie
Ceux qu'il mandait sur les bords ténébreux
Quand ils étaient animés par l'envie
D'apprécier son sublime savoir,
Sans toutefois qu'aucun humain pouvoir

Rendît contraint un pareil sacrifice.
— Tu vas périr par un affreux supplice,
Lui répondit le roi, si dans ces lieux
Tu n'en fais pas soudain l'expérience.
— Très-volontiers. Çà, le plus courageux...
Nul ne dit mot? C'est vous, sire, je pense:
Quel impudent parmi cette assistance
Oserait bien vous disputer le pas
Quand il s'agit d'un acte de vaillance?
Aussi chacun garde-t-il le silence. —
L'homme à ces mots saisit un coutelas,
Et sur le roi lève vite le bras:
Lors, tout tremblant et perdant contenance,
— Cela suffit, mon ami, dit le roi;
Je suis content de ton air d'assurance,
Et sur parole à présent je te croi.

FIN DU LIVRE QUATRIÈME.

LIVRE V.

Les deux Gascons.

Ces jours passés un hableur de Gascon,
En regardant au haut du Panthéon,
D'un air naïf disait à certain homme,
Qu'apparemment il prit pour un badaud :
— Voyez-vous rien au faîte de ce dôme ?
Là haut, là haut, tout en haut, tout en haut.
— Non. — Hé bien, moi je compterais sans peine
Les pas que fait un ver qui s'y promène. —
Pour répliquer l'autre était disposé ;
Car vous saurez qu'aux eaux de la Garonne
Cet inconnu fut aussi baptisé.
— Oh, répond-il, ma vue est bien moins bonne ;
Mais pour l'ouïe à coup sûr à personne

Je ne le cède, et c'est pour écouter
Le train que fait ce vers, imperceptible
A mes regards, et pour vous seul visible,
Qu'expressément je viens de m'arrêter.

La bonne Raison.

Un bruit s'épand en certaine cité
Que bientôt une majesté
Doit arriver; soudain dans mainte rue
Le tambour bat : — Qu'est ceci? qu'est cela? —
Chacun accourt, on se foule, on se rue;
Le prince vient; le voici, le voilà...
Accompagné d'une nombreuse escorte,
Le maire se rend à la porte
Pour accueillir le sire, et dit d'abord :
— La ville aurait désiré fort
Honorer votre seigneurie
De deux ou trois salves d'artillerie;
Mais au moins cent une raisons
L'ont empêché; le défaut de canons

Premièrement, et puis ensuite... —
Le prince alors l'interrompt en disant:
— Hé, ce motif est tellement puissant
Que des cent autres je vous quitte.

L'Incrédule.

—Dieux! s'écriait un jour la dame Hortense;
Est-il possible, et que me faut-il voir?
Quoi! sur mon nez une pareille offense!
Je n'y tiens plus, et dans mon désespoir...
— Arrêtez donc; êtes-vous en démence?
Dit un plaisant; quel vif chagrin... — Comment,
Me reprocher qu'avant le sacrement
A deux jumeaux j'avais donné naissance!
Que pensez-vous de ce conte impudent?
Le croyez-vous, la? — Tous ces bruits, je meure
S'ils n'ont chez moi tant perdu leur crédit,
Que je ne crois déjà plus à cette heure
Que la moitié de ce que l'on me dit.

L'Éloquence.

Un campagnard qui sentait le fagot,
Ne pouvant concevoir comment le premier homme
Désobéit à Dieu pour une pomme,
Traitait ce point de conte assez falot:
Le bon curé de son village
A tout propos en vain le sermonait;
Il avait beau lui citer maint passage,
Texte hébreux, grec, latin, rien n'y faisait:
Il est des gens chez qui, pour cause,
Les discours sont fort peu si l'on ne parle aux yeux.
Le cher pasteur enfin s'aperçut de la chose;
Sous un prétexte spécieux
Il mande l'incrédule ouaille.
Aussitôt qu'elle arrive: —Ah, mon dieu, dans l'instant
On vient de m'appeler pour un cas important,
Dit le recteur; il faut que j'aille
Chez un voisin; ce n'est là qu'à deux pas:
Asseyez-vous; ne craignez pas

Qu'à vous rejoindre, ami, je tarde;
Mais surtout donnez-vous de garde
De toucher tant soit peu le vase que voilà;
Je viens expressément de le renverser là.
— Pargué, répliqua l'autre, il était inutile
De me recommander cela; soyez tranquille;
Pas ne suis assez indiscret
Pour céans rien toucher, et moins en votre absence. —
Cependant le manant sent un désir secret
De savoir la raison d'une telle défense;
Peut-être que sans elle il n'eût jamais pensé
Seulement au pot renversé.
Enfin le prêtre part, et laisse solitaire
Le villageois au presbytère:
Le rustre, impatient, va voir avec grand soin
A la porte d'abord, et puis à la fenêtre,
Et puis encore une autre fois. — Peut-être
Aurait-il oublié... Non; il est déjà loin....
Courage, allons, et vite et vite
Voyons un peu, dépêchons-nous,
Ce que contient cette marmite.... —
Il la soulève... un rat était caché dessous.
Faut-il dire s'il prit la fuite,

Et s'il laissa le rustre au moins aussi capot
Que lui-même à l'instant qu'on le mit sous le pot?
Cependant le curé, fidèle à sa parole,
Rentre soudain : le villageois, honteux,
Ne dit mot, et baisse les yeux;
L'autre lui frappe sur l'épaule:
— Hé bien, dit-il en souriant,
Père Michaud conçoit-il à présent
Comment pour un objet encore moins frivole
Adam fut désobéissant?

La Querelle de Ménage.

Dernièrement sur le propos de rien
Entre conjoints s'émut grande tempête;
L'époux disait : — Si ce que je soutien
N'est point exact, je ne suis qu'une bête. —
L'autre criait : — Je vous donne ma tête
Si je me trompe. — Oh! ma chère moitié,
Je te l'accepte, ajoute le cher homme,
Puisque, suivant un ancien axiome,
Petit présent entretient l'amitié.

Le Prophète de 1789.

QUAND la Folie, hochant de sinistres grelots
A travers les lueurs d'une fausse espérance,
Conduisait les gens à grands flots
Dans les gouffres du fisc noyer leur opulence;
Au moment qu'une foule immense
De la patrie allait charger l'autel
De mainte offrande volontaire,
Ou, suivant le style vulgaire,
De la monnaie assiégeait l'hôtel
En apportant qui ses fourchettes,
Qui ses montres, qui ses assiettes,
Qui ses flambeaux, qui ses surtous,
Un quidam dit en traversant la presse:
— Hé, mes amis, qu'est-ce qui tant vous presse?
Chacun aura son tour; ah! de grâce ouvrez-vous,
Et veuillez bien permettre que je passe;
Pour vos trésors encore il reste assez de place;
Allez, je vous promets qu'on vous les prendra tous.

Le Choix incertain.

CERTAIN roi du Bengale avait au temps jadis
Une fille extrêmement belle;
Trois princes ses voisins, de tant d'attraits épris,
Vinrent pour demander la main de la donzelle;
En les lui présentant tous trois
Le roi dit : — Vois qui pour te plaire
Entre eux aura le plus de droits.
— Onc je n'aurai, répond-elle à son père,
Epoux aucun que vous n'ayez choisi;
Or avisez. — Ayant réfléchi sur l'affaire,
Le monarque s'explique ainsi :
— Quoique sur moi ma fille se repose
Quant à ce choix, vous aimant tous
Egalement, seigneurs, je n'ose
Prononcer entre vous;
Mais voici cependant ce que je vous propose :
Voyagez pendant un mois;
Au retour celui des trois
Qui lui rapportera l'objet le plus utile

De la princesse aura la main. —
Soudain les soupirans s'éloignent de la ville
Pour se mettre en chemin.
A la première hôtellerie
On tint conseil ; il y fut arrêté
Que, cessant de marcher ainsi de compagnie,
Chacun irait d'un différent côté,
Et qu'après la course finie
En cette auberge on reviendrait,
Où le premier venu les autres attendrait.
Ainsi conclu, l'on part pour commencer la course ;
L'aîné tendit à l'orient ;
Le cadet fut vers les climats de l'ourse,
Et le plus jeune en occident.
Dans la ville d'Assan l'aîné d'abord s'arrête ;
En parcourant les lieux publics,
Sur le bazar (1 il voit une lunette
Qui lui semble d'un fort grand prix ;
Soudain il la marchande ;
Mais la somme qu'on en demande
Lui paraît excéder grandement sa valeur.
— Ah ! lui dit l'artisan, seigneur,
Vous ne la trouverez pas chère
Alors que vous connaîtrez bien

Son mérite extraordinaire ;
Avec elle il n'est rien
En aucun lieu que l'on ne voie,
Quel que soit son éloignement. —
Le voyageur ne se sent pas de joie;
Vite il achète l'instrument,
Et dans le même instant revole
A cette hôtellerie, où, selon sa parole,
Patiemment il séjourna
Jusques au retour de ses frères.
Le cadet cependant arrivait à Satna ;
Entre autres choses singulières,
Un beau tapis fixa d'abord ses yeux
Par la nouveauté de sa forme ;
Le prince, curieux,
Du marchand aussitôt s'informe
A quel usage est destiné
Ce meuble ainsi façonné.
— Oh! lui dit-on, il est de telle sorte
Qu'en s'asseyant dessus il vous transporte
Où vous voulez, et cela dans l'instant. —
Avec avidité le prince l'examine,
En fait emplette, et, fort content,

*

Vers le lieu fixé s'achemine.
Le dernier de nos pèlerins,
Qui vers la plage occidentale
Portait ses pas incertains,
Fit halte à la capitale
De l'Indostan ; là vient un colporteur
Lui proposer une liqueur,
— Liqueur, disait-il, sans pareille,
Liqueur faisant monts et merveille,
Et pouvant arracher les humains au trépas. —
Notre jeune homme en prend une bouteille,
Et s'en va de ce pas
Rejoindre ses deux frères.
Là tous trois mutuellement
Se font voir leur trouvaille avec empressement ;
Mais nul cependant ne croit guère
A l'insigne propriété
Des objets extraordinaires
Dont les autres font vanité,
Et chacun, s'estimant le possesseur unique
De l'incroyable rareté
Par laquelle le prix doit être remporté,
Parle de ses rivaux d'un air fort ironique.

Pour confondre à la fin son incrédulité,
L'aîné prête au cadet la lunette magique :
Celui-ci désire d'abord
De voir l'adorable princesse,
Et vite à regarder s'empresse ;
Mais aussitôt il crie avec transport :
— Que vois-je, hélas! la princesse est mourante! —
Le plus jeune dit : — Si j'étais
Près d'elle, avec mon eau toute puissante
A l'instant je la guérirais.
— Asseyez-vous en diligence
Sur mon tapis, — reprend l'autre, et l'on pense,
D'après ce que nous avons dit,
Qu'en un clin-d'œil ils sont auprès du lit
De la princesse agonisante,
Dont la santé se rétablit
Dès qu'elle a bu de cette eau bienfaisante;
Puis vers le roi se rendent les rivaux,
Demandant tous la préférence.
Le sire, après un instant de silence,
Leur dit : — Seigneurs, vos droits encore sont égaux;
Sans la lunette enchanteresse
Auriez-vous bien pu découvrir

L'état cruel de la princesse,
Ou sans le tapis accourir
Avec assez de vitesse
Pour venir la secourir?
Enfin sans l'eau salutaire
Le reste eût été fort vain;
Ainsi le choix est toujours incertain.
Mes auditeurs, c'est à vous de le faire.

Le double Pacte.

Un villageois alla trouver le diable,
(De quoi l'amour ne rend-il point capable!)
En lui disant : — Gracieux souverain,
Si me voulez faire obtenir la main
D'une beauté qui se nomme Colette,
Que vingt amans, jaloux de sa conquête,
Ont jusqu'ici sollicitée en vain,
A vous servir volontiers je m'engage
Pendant un an, et s'il faut davantage. —
Le pacte fait, mon paysan soudain

De retourner où son cœur le rappelle.
Bientôt après l'objet de ses amours
A lui s'unit; à peine avec sa belle
Le cher époux eut-il passé dix jours,
Quand il revint devers l'ange rebelle
Pour lui tenir un tout autre discours :
— Si vous daignez emporter notre femme
Au lieu d'un an, oui, dit-il, sur mon âme,
Je fais serment de vous servir toujours.

L'Egalité de Droits.

Ces jours passés un faiseur de maltôte
Au pilori se trouva côte à côte
D'un savetier qui parfois s'avisait
De lui parler avec tant d'accointance
Que le Mondor perd enfin patience,
Et dit : — Cet air grandement me déplaît;
Va, va, gredin, apprends à te connaître.
— Va, va, gredin! Qu'est-ce que ce ton-ci?
Lui répond l'autre ; autant que vous peut-être,
Mon gros monsieur, j'ai bien droit d'être ici.

La Vengeance manquée.

Un courtisan, ne sais pour quelle cause,
Fut insulté par un fameux chanteur :
Le lendemain même le virtuose,
Pour exercer son talent enchanteur,
Vint à la cour. D'assouvir sa vengeance
La courtisan brûlant d'impatience,
Non loin du roi se place expressément ;
Dès qu'à chanter le médisant commence,
Vers le monarque avec empressement
L'autre se tourne en se bouchant l'oreille :
— Que cet artiste a donc l'accent nazal,
S'écria-t-il, et le chant trivial !
Jamais musique à celle-ci pareille
N'osa frapper votre timpan royal. —
Le roi savait l'affaire de la veille :
—Vous vous trompez, car il chante à merveille,
Lui répond-il ; mais il parle fort mal.

Le Point d'Honneur.

Deux officiers, presque aux couteaux tirés,
Dernièrement se virent d'assez près,
Mais sans pouvoir se joindre ; une rivière,
Passant entre eux, à leur fureur guerrière
Fort à propos mettait une barrière.
— Si par cette eau je n'étais arrêté,
S'écria l'un, ah! maraud, je te jure,
J'aurais déjà mesuré ta figure ;
Ainsi tiens-toi pour dûment souffleté. —
L'autre répond par semblable échappée :
— Si je pouvais passer à l'autre bord
Jà je t'aurais percé de mon épée ;
Ainsi, gredin, tiens-toi pour dûment mort.

Le Mariage gratis.

POUR célébrer un grand événement
On mariait mainte fille indigente :
Pour recevoir le fatal sacrement
Entre autres une aussitôt se présente;
Si de beauté c'était un parangon
J'en doute fort, et voici ma raison :
On lui demande enfin comment s'appelle
Celui qui doit avec elle s'unir.
D'un ton surpris, — Ma foi, répondit-elle,
Mais je croyais qu'on devait tout fournir.

Le Voyage prudent.

L'AIR effaré, l'œil fixe et le teint blême,
Dernièrement, dans sa frayeur extrême,
Au point du jour s'en allait, tout transi,
Certain badaud en habit de voyage.

Un sien ami se trouve à son passage,
Et, tout surpris, — Pourquoi cet équipage?
Dit-il; comment, vous à cette heure-ci
Déjà debout! Où courez-vous si vite?
— A la police arrher un passeport.
— A voyager quel diable vous incite,
Quand, soixante ans cloué dans votre gîte,
Vous n'avez pu vous décider encor
A voir Marly! — C'est que je fuis la mort;
Un gazetier dont l'esprit n'est pas mince
Dans son journal hier nous prédisait
Qu'en peu de temps le monde finirait,
Et prudemment je me sauve en province.

Le Tableau.

Aux regards du public un peintre bénévole
Avait soumis un tableau qu'il venait
De terminer, et qui représentait
Quelqu'un qui dans son petit rôle
Sur la scène du monde alors faisait grand bruit.
Là cependant, tout près en sentinelle,

Le sage disciple d'Apelle,
Pour eu faire après son profit,
Des allans et venans recueille
Exactement tous les discours.
Règle en main, sous le bras énorme portefeuille,
Passent d'abord, se rendant à leurs cours,
Des écoliers qui depuis quinze jours
Strapassonnaient maint nez et mainte oreille;
A qui mieux mieux tous ces marmots,
Saisissant aux cheveux occasion pareille
De placer les techniques mots
Gobés aux leçons de la veille
Et digérés à l'avenant,
Tous à la fois disent incontinent :
— Voyez un peu, voyez quelle merveille
Pour ainsi l'étaler ! Fi d'un pinceau si dur !
Quel trait fidèle ! et puis ce clair obscur...
Il ménage bien les lumières...
Le cher homme surtout entend le coloris...
De cette croûte, à mon avis,
L'auteur mériterait au moins les étrivières.
— Et pour vous les sangler là haut on vous attend, —
Répond l'artiste vivement,

En même temps que vers l'école
Il leur fait signe avec la main;
Allez, les polissons; passez votre chemin. —
Vient ensuite un manant, qui dit: —Oh, que c'est drôle!
Tudieu, comme il est engoncé
Dans son habit! Oh, qu'il est donc bancroche!
Ciel, qu'il est décontenancé!
Que fait-il là de son bras gauche?
Il ne ressemble pas trop mal
Au curé de notre village
Quand, affublé d'un pluvial,
Bravement à l'église il conjure l'orage.
Pour moi de cette sotte image
Je ne donnerais pas tant seulement deux sous.
— Bien dit, mon brave homme, à merveille!
Répond l'artiste en lui pinçant l'oreille;
Ce sera fort bien fait à vous
De garder votre argent; partant je vous conseille
De retourner à vos moutons. —
Arrive un connaisseur que le peintre, à sa mine,
Et mieux sans doute encore à ses réflexions,
Reconnaît aisément; longtemps il examine
Du haut en bas la chose avant de la juger,

Et puis dit : —L'air de tête a quelque afféterie;
Le corps manque d'à-plomb; on pourrait dégager
Un peu plus cette draperie. —
Au moment que, pour corriger
Les defauts que vient de reprendre
Le connaisseur, notre artiste allait prendre
Et palette et pinceaux, un fat qui lors passait
S'arrête, et, lorgnant le portrait,
S'écrie avec un air capable:
— Je n'ai jamais rien vu de si parfait;
Mon dieu, quel chef-d'œuvre admirable!
Il ne lui manque seulement
Que la parole, et sûrement
Le contrôleur le plus sévère
Sera fin s'il découvre une tache légère
Dans tout cet ouvrage charmant. —
Le peintre alors reprend : — J'ai bien patiemment
De grand nombre de sots enduré mainte injure,
D'un critique éclairé supporté la censure;
Mais l'éloge d'un fat! Oh! pour le coup, grands dieux!
Je n'y tiens plus. — Il dit, et d'un air furieux
Il jette au feu cette peinture.

FIN DU CINQUIÈME ET DERNIER LIVRE.

NOTE

DU

LIVRE CINQUIEME.

---

[1]) C'est ainsi qu'on nomme dans l'Orient les marchés publics.

*

QUATRAINS MORAUX.

De préceptes moraux et de sages sentences
Notre esprit ne sauroit jamais trop s'enrichir;
Ce sont des guides sûrs dans bien des circonstances
Où sans délibérer on est contraint d'agir.

Avant de te montrer sur la scène du monde,
Fais d'abord de toi-même une étude profonde:
Si les mauvais acteurs y sont toujours nombreux,
C'est qu'ils n'ont pas choisi des rôles faits pour eux.

Que nul homme jamais ne te soit étranger;
Tu dois dans ton aîné considérer un père,
Dans ton contemporain tu dois chérir un frère,
Et voir dans ton cadet un fils à protéger.

ENVERS tes confidens il faut être discret ;
C'est une inconséquence extrême
D'exiger d'un ami qu'il te garde un secret
Que tu n'as pu garder toi-même.

~~~~~~~~

L'ENVIE atteste évidemment
Dans celui qui l'excite une prééminence,
Et dans l'envieux l'impuissance
De jamais égaler l'objet de son tourment.

~~~~~~~~

HOMME qui d'un œil téméraire
Oses remarquer d'ici-bas
Des taches même au front du dieu de la lumière,
Verrais-tu ses défauts s'il ne t'éclairait pas ?

~~~~~~~~

SUR ce qu'on ne sait point jamais ne discourir ;
De ce que l'on sait bien parfois douter encore ;
Pour n'être point sujet à se voir démentir,
Accoutumer sa langue à prononcer *j'ignore.*
~~~~~~~~

Trop près de nous-mêmes placés,
Et trop distans des autres hommes,
Nous ne pouvons connaître assez
Ce qu'ils sont ni ce que nous sommes.

Jamais d'après son rang n'estime ton semblable :
L'or quoique dans la boue est encor précieux,
Et la poudre qu'Eole élève jusqu'aux cieux
N'est pourtant pas moins méprisable.

Quand de la grandeur importune
Vous montez quelques échelons,
Songez que souvent la Fortune
Les fait descendre à reculons.

C'est peu pour conserver la paix
De ne nous point mêler des affaires des autres ;
Mais nous devons encor ne pas trouver mauvais
Que l'on s'immisce dans les nôtres.

Pour ne jamais faire le mal,
Consulte avant d'agir ta propre conscience;
Quand tu seras absous par ce grand tribunal,
Peu te doit importer ce que le monde pense.

Le plaisir que l'on a d'ouïr
Le récit d'un fait incroyable
Provient du doute ou du désir
Que ce conte soit véritable.

La vertu, quoi qu'on dise, a de charmans attraits;
Si parfois son aspect nous paraît un peu triste,
C'est qu'elle emprunte alors d'un sombre moraliste
L'humeur atrabilaire et les maussades traits.

L'homme indifférent ou hautain,
Qui nullement ne s'intéresse
A l'infortune du prochain,
Ignore sa propre faiblesse.

Méfiez-vous toujours des dangereux accens
De la louange séductrice;
Quelquefois le ciel impropice
Rejette bien nos vœux, mais jamais notre encens.

~~~~~~~~

Un principe indiscret que l'on met en avant
Lorsqu'on entre dans la carrière,
Est le premier anneau souvent
D'une chaîne d'erreurs qui suit la vie entière.

~~~~~~~~

Ne savoir que par la lecture,
C'est être semblable à peu près
Aux peintres qui dans des portraits
Ont étudié la nature.

~~~~~~~~

Rends le bien pour le mal : la terre vers les cieux
Elève une poussière immonde;
Cependant le ciel généreux
Lui verse une rosée abondante et féconde.
~~~~~~~~

La Fortune, qui d'ordinaire
Au fleuve du Léthé lave les parvenus,
Ferait mieux d'abreuver de cette eau salutaire
Le monde qui les a connus.

Ce n'est qu'à ses dépens qu'un homme peut s'instruire;
L'expérience, avant de l'avoir fait broncher,
Ne lui prenant jamais la main pour le conduire,
A force de faux pas il apprend à marcher.

Garde que ton savoir d'un éclat solitaire
Ne brille au détriment de la société:
Vois-tu comme un flambeau, sans ternir sa clarté,
A cent autres flambeaux fait part de sa lumière!

Pardonne l'ennemi, quand d'un bras meurtrier
Il aurait de tes jours voulu rompre la trame;
Mais jamais avec lui ne va point t'allier:
L'onde quoique bouillante éteint pourtant la flamme.

L'Astre brillant de l'univers
Aux regards d'un hibou n'est rien qu'une ombre vaine ;
Ainsi l'on voit tout de travers
Quand on a sur les yeux le bandeau de la haine.

~~~~~~~~~~

Il faut bien rarement prendre un ton décisif ;
Vouloir d'un air tranchant et rempli d'assurance
Apprécier chacun sur le moindre motif,
Décèle force orgueil et peu d'expérience.

~~~~~~~~~~

Ne dédaigne point d'écouter
Les avis de personne ;
S'ils sont bons sache en profiter,
N'importe qui les donne.

~~~~~~~~~~

Au gré du sot vulgaire il est bien malaisé
Qu'un homme jamais se conduise ;
Si vous le négligez il se croit méprisé ;
Le flattez-vous, il vous méprise.
~~~~~~~~~~

Deux cailloux en se heurtant
Produisent de la lumière :
On se choque en disputant
Sans que jamais on s'éclaire.

~~~~~~~~~~

A prôner vos rivaux qui sont victorieux
Vous trouvez même votre compte ;
Plus ils ont de valeur moins vous avez de honte
D'avoir été vaincu par eux.

~~~~~~~~~~

La raison qui nous montre une route assurée
Du Soleil est l'image ; et la Lune sa sœur,
Par ses phases divers et sa vague lueur,
Est à l'opinion justement comparée.

~~~~~~~~~~

La vie est un pont qui nous mène
Du néant au terme fatal ;
A la droite est le bien, à la gauche est le mal ;
Mais il n'existe entre eux nulle route moyenne.
~~~~~~~~~~

Gardez-vous de jamais mépriser vos semblables :
Que d'hommes pour se voir injustement flétris
D'honnêtes qu'ils étaient deviennent méprisables !
Qui méprise d'ailleurs est digne de mépris.

~~~~~~~~

Ainsi que l'onde la plus claire
Se corrompt en tombant dans un marais fangeux,
Dans le commerce impur de l'homme vicieux
Bientôt la vertu dégénère.

~~~~~~~~

Ne juge jamais sur la mine
L'ennemi réconcilié;
S'il emprunte parfois le masque d'amitié
Ce n'est que pour couvrir le trait qu'il te destine.

~~~~~~~~

Pour ordonner les rangs ni l'or ni la puissance
Ne sont pas un titre réel,
Et le mérite personnel
A seul droit d'établir quelque prééminence.
~~~~~~~~

UNE langue prolixe, une plume féconde
Furent dans tous les temps l'apanage des sots;
L'homme qui d'un regard peut mesurer le monde
Sait bien le définir ou le peindre en deux mots.

~~~~~~~~~

DIRIGEONS nos penchans; en ce point de Zénon
Gardons-nous d'écouter l'école;
L'homme privé de passion
Est comme le vaisseau sans le souffle d'Eole.

~~~~~~~~~

LA vertu brille dans la vie
Par les plus durables couleurs;
Le vernis de l'hypocrisie
Passe comme l'éclat des fleurs.

~~~~~~~~~

TIENS pour ennemi l'homme à qui tu fis du bien
Si contre un détracteur il ne prend ta défense,
Et pour ami celui qui, ne te devant rien,
Se tait lorsque quelqu'un t'accuse en ton absence.
~~~~~~~~~

L'HUMBLE bruyère est calme alors que la tempête
Sur les chênes altiers exerce sa fureur :
Aux coups de la Fortune autant que la grandeur
La médiocrité ne fut jamais sujette.

NATURE donne la beauté ;
Fortune aveuglément partage
La richesse et l'autorité ;
La vertu seule est notre ouvrage.

TOUT se montre ici-bas sous une double face ;
Ce que l'œil de la haine a trouvé repoussant
Aux regards de l'amour paraîtra plein de grâce,
Et l'objet le plus grave a son côté plaisant.

VOIS l'arbre même au bucheron
Prêter une ombre tutélaire :
Même à l'ennemi ta maison
Ainsi doit être hospitalière.

La contradiction peut être utile au sage,
Pour le moins quelquefois; car il est des vertus
Semblables à ces bois qui croissent davantage
Lorsque par l'aquilon ils sont souvent battus.

~~~~~~~~

Quand un faible par imprudence
Dans quelqu'un au grand jour vient à se découvrir,
C'est un côté qui sans défense
Aux traits des ennemis va lui-même s'offrir.

~~~~~~~~

Saisir les à-propos est un point important:
Souvent, mis à sa place, un léger coup de langue
Produirait plus d'effet qu'une longue harangue
Que l'on prononcerait intempestivement.

~~~~~~~~

Un grand livre, dit-on, est toujours un grand mal;
Non, mais c'est tout au moins l'image
D'un édifice colossal
Dont l'obstacle vaincu fait l'unique avantage.
~~~~~~~~

Le grossier plaisir sensuel
Jusqu'à la brute nous ravale;
Celui de l'esprit nous égale
Aux divins habitans du ciel.

~~~~~~~~

Pourquoi vous affliger, envieux, quand un autre
Etend son bien ou son crédit,
Alors que ce n'est pas aux dépens de la vôtre
Que sa fortune s'agrandit?

~~~~~~~~

Penser qu'un ennemi n'est point à redouter
Par la seule raison qu'il a peu de puissance,
Autant à mon avis serait presque douter
Qu'une étincelle allume un incendie immense.

~~~~~~~~

Notre amour-propre quelquefois
De beaucoup de maux nous préserve,
Comme un vernis orne le bois
En même temps qu'il le conserve.
~~~~~~~~

Le plus haut rang n'ennoblit pas
L'homme dépourvu de mérite ;
Mais l'homme peut par sa conduite
Illustrer le rang le plus bas.

~~~~~~~~

De la foule écarté, l'égoïste inhumain
Traverse de nos jours le torrent si rapide ;
Mais à ses compagnons tendant toujours la main,
Le sage avec bonté les secourt et les guide.

~~~~~~~~

Vouloir qu'à nos desseins tout ploie
N'est pas le moyen d'être heureux ;
Jouissons des plaisirs que le ciel nous envoie
Sans aller courir après eux.

~~~~~~~~

Pesez tous vos discours ; car ainsi que l'archer
Ne peut plus rappeler une flèche qui vole,
La langue ne saurait retirer la parole
Qu'elle vient de lâcher.
~~~~~~~~

Sans doute l'humaine éloquence
Peut changer nos opinions;
Oui, mais sur nos affections
Elle n'a guère d'influence.

Lorsqu'on prête l'oreille à des propos mauvais,
De celui qui les tient on devient le complice ;
Il suffit qu'on leur applaudisse
Sans soi-même en faire les frais.

Nous sommes en naissant destinés par les cieux
L'un au commandement, l'autre à l'obéissance;
Celui-là sous le joug deviendra factieux,
Et l'autre sur le trône aura peu de puissance.

Quoiqu'il existe à peine un bon juge entre mille,
On voit chaque lecteur critiquer à son gré,
Et se montrer toujours d'autant plus difficile
Qu'il est moins éclairé.

FIN DES QUATRAINS.

CHOIX
DE
POÉSIES MÊLÉES.

Les Ephémères, idylle.

PAPILLONS que de ce matin
Nature vient de faire éclore,
Et que condamne le Destin
A ne jamais revoir l'aurore,
Si quelques instans plus que vous
Les hommes prolongent leur vie,
Hélas! n'en soyez point jaloux;
De nos jours ôtez la partie

Que remplissent la maladie,
Les chagrins, l'ennui, les dégoûts,
Vous aurez aussi loin que nous
Presque poussé votre carrière:
Mais votre sort est bien plus doux;
Pour vous beaucoup plus tendre mère,
La Nature vous fait jouir
Seulement du temps qu'à chaque être
Elle accorde pour le plaisir:
Un beau jour d'été vous voit naître;
Le même jour vous voit mourir;
Avez-vous le temps de connaître
Ce déluge effrayant de maux
Qui vient affliger l'existence
De tous les autres animaux?
Pourvoir à votre subsistance
Et satisfaire vos besoins
N'exigent pas de fort grands soins;
Jamais la Discorde je pense
Ne trouble vos instans si courts;
Vous ne connaissez que les charmes,
Non les disgrâces des amours;
La mort des auteurs de vos jours

Jamais ne fait couler vos larmes;
De vos enfans comment le sort
Vous causerait-il des alarmes?
Vous subissez aussi la mort;
Oui, mais c'est sans l'avoir connue,
Et si vous prévoyez le coup
De sa faux sur vous suspendue,
Vous ne l'attendez pas beaucoup.

Epigramme.

— Ça, vous lirez de ma nouvelle pièce
Un acte seul. — Je ne puis, car ailleurs
J'ai rendez-vous pour affaire qui presse.
— Oh! je connais votre délicatesse;
Monsieur me croit du nombre des auteurs,
Frais émoulus de la moderne école,
Qu'à tout propos on voit faire en leurs vers
De tant d'esprit une dépense folle;
Vous allez voir si c'est là mon travers.
— Hé mais, monsieur, je vous crois sur parole.

Ode anacréontique.

La nuit croyant du Plaisir
Voir la figure riante,
J'avançai pour le saisir
Une main impatiente.

Oh ! je le tiens cette fois,
Dis-je; mais l'ombre frivole
Aussitôt d'entre mes doigts
Promptement glisse et s'envole.

Je m'éveille, et vois enfin
Que ma douce rêverie
D'un petit songe malin
N'est rien qu'une espiéglerie.

Mais je ne m'étonnai pas
De cette erreur si légère;
Eh ! le plaisir n'est, hélas !
Qu'une ombre aussi mensongère.

L'Irrésolu.

Dans le doute constant s'il fera mal ou bien,
Pour ne point faire mal Géronte ne fait rien.

Inscription pour une horloge de sable,

tirée du latin.

Cette poudre, ô mortel! qui par son mouvement
De tes jours fugitifs mesure la durée,
Est la cendre d'un pauvre amant
Que son ardeur immodérée
Consuma misérablement :
Aussitôt qu'à l'amour ton âme s'est livrée
N'espère plus jamais reposer un moment.

Epigramme.

—Qu'avez-vous donc? Comme vous voilà fait !
—Maudit tripot !... Je suis dans une rage....
—Hé mais encor quel en est le sujet?
—Voyez là-haut ce quatrième étage.
—Hé bien? — Hé bien, de la fenêtre en bas
On m'a jeté. — Bah ! —Vrai ; si je n'ai pas
Eu d'un tel saut la tête fracassée
C'est par miracle. Oh ! sûrement jamais
Je n'y remonte. — Oui, j'entends ; désormais
Vous ne joûrez plus qu'au rez-de-chaussée.

Diane et Endymion,

épisode du huitième livre du seau enlevé.

DANS un vallon riant, sur un lit de gazon,
Dormait parmi les fleurs le jeune Eudymion:
Une foule d'Amours, à sa beauté divine
L'ayant pris pour l'enfant de la belle Cyprine,
L'entouraient, et les uns arrangeaient avec art
Ses cheveux négligés ondoyant au hasard;
Les autres s'empressaient de tresser des couronnes
De roses et de lis, d'œillets et d'anémones
Pour en orner son front; mais son teint délicat
Du lis et de la rose effaçait tout l'éclat.
Les vents étaient muets, l'onde était immobile,
Le calme enfin régnait dans ce séjour tranquille,
Où l'air, la terre et l'eau semblaient être d'accord
Pour dire en se taisant: « Dans ces lieux l'Amour dort. »
Telle, quand le Taureau de rayons étincelle,
Des Pléïades on voit l'aînée et la plus belle
Paraître avec éclat au milieu de ses sœurs,
Et tel près des Amours sur un doux lit de fleurs

Brillait Endymion, quand la déesse altière,
Eclatante des feux empruntés à son frère,
Au milieu de son cours agitant doucement
Sa robe pour verser aux fleurs abondamment
Et la douce rosée et la fraîcheur céleste,
Relève un des côtés de son voile modeste,
Porte sur ce vallon des regards indiscrets,
Et le trouve si beau que pour le voir de près
Elle descend du ciel. A son aspect sévère
Des Amours aussitôt fuit la troupe légère.
La déesse voyant ce jeune homme dormir,
L'admire, et, la pudeur combattant son désir,
Recule quelques pas, rougit, se trouble, hésite;
Mais tant d'attraits charmans la rappellent bien vite;
Elle sent dans son cœur naître la passion,
Va doucement s'asseoir auprès d'Endymion;
Elle pare de fleurs et son sein et sa tête;
Son amour violent n'a plus rien qui l'arrête;
Elle baise cent fois et la bouche et les yeux
Du berger, qui s'éveille étonné de ces jeux.
A ses regards, brillans d'une divine flamme,
De respect le berger sent émouvoir son âme,
Et pour se prosterner il se lève en tremblant;

Mais elle le retient et l'embrasse ardemment:
— Beau dormeur, quel est donc le sujet qui t'étonne?
Rassure-toi; je suis la fille de Latone;
C'est le destin, l'amour, un instinct bienheureux
Qui m'amènent, dit-elle, en ces paisibles lieux:
Sois discret si tu veux éviter ma colère.
— Image du soleil, immortelle lumière,
Je ne suis qu'un berger, répond Endymion;
Mais si par vos faveurs vous illustrez mon nom
Je vous jure à jamais un amour sans partage;
De ma fidélité daignez prendre ce gage;
Chalys, Ethylio, les auteurs de mes jours,
Le firent autrefois garant de leurs amours.—
A ces mots il détache une écharpe élégante,
Et l'offre tendrement à sa divine amante:
Elle l'accepte et cède à sa brûlante ardeur.
Comme l'on voit languir une superbe fleur
Par Eole abattue, et telle avec mollesse
Dans les bras du berger se coule la déesse;
Parmi les doux accès des plaisirs amoureux,
Diane avec transport lève au ciel ses beaux yeux,
Et dit en soupirant: — Par quel barbare zèle
En moi nourrissez-vous une erreur si cruelle?

Que je connaissais peu le bonheur autrefois,
Quand, un arc sur le dos, je parcourais les bois!
Jours vainement perdus! ô jours que je déplore!
Hélas! si le Destin ramenait votre aurore!
O cher Endymion! qu'ils diffèrent entre eux
Les plaisirs des chasseurs et ceux des amoureux!
Il est vrai le passé ne saurait plus revivre;
Mais j'emploîrai bien mieux les temps qui vont le suivre.
Terre, cieux, élémens, voici ma volonté;
Que la loi que je porte ait son autorité
Sur mon sexe et sur moi tant que luira mon frère:
Dans tous les lieux soumis à ma douce lumière
Par arrêt immuable aujourd'hui j'établis
Que nulle femme, hors celles que je choisis,
Deux ou trois tout au plus parmi celles que j'aime,
Ne vivra sans amant qu'en dépit d'elle-même,
Et sans en imposer ne pourra désormais
Se vanter que l'Amour ne la blessa jamais.

Définition de la Satire.

Qu'est-ce que la satire? Une balle qu'on jette
Parmi le genre humain,
Où chacun aussitôt par un coup de raquette
La renvoie au prochain.

Epitaphe d'un enfant mort dès être né.

Au banquet des vivans invité certain jour,
Des convives à peine eus-je aperçu la troupe,
Quand, détournant la tête à la frivole coupe
Que le Destin présente à chacun tour à tour,
Et peu flatté des mets dont leur table est servie,
Sans vouloir m'y placer je quittai le festin.
Si tu cherches mon nom, ô passant! c'est en vain;
On ne m'inscrivit point sur le livre de vie.

Question résolue

par l'un des sept sages de la Grèce.

A QUEL âge doit-on à l'hymen s'engager?
Jeunes, pas encor; vieux, il n'y faut plus songer.

Epigramme.

REGARDEZ un peu ce tableau;
C'est de toute une galerie
Celui que je crois le plus beau;
Aussi l'aimé-je à la folie,
Au point que si quelque insolent
M'en disait du mal, à l'instant
Je lui brûlerais la cervelle.
La, franchement, mes chers amis,
Sur cette peinture si belle
Veuillez me dire votre avis.

Monologue de Caton.

Il est vrai, Platon ; oui, notre âme est immortelle ;
Tout concourt à la fois pour l'annoncer en elle :
De là vient tant de crainte et d'horreur du néant ;
Le ciel même dans nous a mis ce sentiment ;
J'entends au fond du cœur une voix qui me crie
Qu'aux bornes du trépas commence une autre vie.
Agréable à la fois et terrible penser !
Mon esprit curieux, même avant de forcer
Les fragiles remparts de sa prison mortelle,
S'élance, impatient, dans la vie éternelle.
Oh ! s'il existe un Dieu (tant de signes divers
Le prouvent à toute heure et dans tout l'univers)
Il chérit la vertu d'une tendresse extrême,
Et cherche à rendre heureux tous les êtres qu'il aime ;
Mais quand et dans quel lieu trouver ce bien parfait ?
Ce monde pour César me paraît être fait....
Pourquoi rester ainsi dans cette incertitude ?
Ce fer doit mettre un terme à mon inquiétude....

Quel choc des passions! quels mouvemens sans frein!
La vie avec la mort combattent dans mon sein;
Moi-même, dans le trouble où s'égare ma tête,
D'une main prends le fer, de l'autre le rejette.
La Mort l'emporte enfin, et va borner mes jours;
Mais mon âme me dit qu'elle vivra toujours;
Sûre de commencer une éternelle vie,
Méprise ce poignard, le brave et le défie.
Les étoiles un jour, le soleil s'éteindront;
De la nature un jour les ressorts se rompront;
L'univers croulera sous le poids des années:
Toi, mon âme, impassible aux coups des destinées,
Au milieu des débris de globes en éclats,
Verras des élémens les terribles combats,
Et, brillante à jamais des charmes du jeune âge,
Du monde tu pourras contempler le naufrage.

Pour le Portrait de Descartes.

D'UN doigt même peu sûr Descartes aux humains
Ne fit que montrer la lumière,
Tel qu'une borne milliaire
Qui sans faire un seul pas indique les chemins.

Traduction de l'Ode d'Horace

EXEGI MONUMENTUM.

JE m'érigeai dans mes vers
Des monumens plus solides
Que ces hautes pyramides
Qui se perdent dans les airs.
En affrontant la tempête
Ils éleveront leur tête
Sur l'âge le plus lointain:
Le temps, fertile en ravages,
Usera sa dent en vain
Sans détruire mes ouvrages.

On verra fleurir mon nom
Dans les siècles qui vont suivre;
De mon être me survivre
La plus noble portion;
Toujours s'accroîtra ma gloire,
Et mon illustre mémoire
Se conservera toujours,
Tant que sur le capitole
De Jupiter aux grands jours
On encensera l'idole.

On dira, dans les climats
Qui sont baignés par l'Aufide,
Et dans le pays aride
Où Daunus fixa ses pas,
Que ma lyre en Italie
Fit du mode d'Eolie
La première ouïr le son.
Muse, sois-en orgueilleuse,
Et du laurier d'Apollon
Ceins ma tête glorieuse.

Epitaphe

d'un Homme qui se donna volontairement la mort.

Celui qui sous ce marbre dort,
Après avoir longtemps été suppôt du vice,
Finit par devenir, en se donnant la mort,
Un instrument de la justice.

Réflexion.

L'homme savant, dit-on, tire parti de tout :
Cela peut être vrai; mais se plaît-il partout?
Je ne le crois pas trop, tant il est difficile
De trouver des esprits qui soient avec le sien
A peu près de niveau; pour un que dans la ville
Il en est de qui l'entretien
Peut lui plaire un instant à peine,
A ses valets le premier carrefour

En offre au moins une centaine
Qui les amusent tout un jour.

Epigramme.

—C'est, je crois, monsieur Purgon ?
— Monsieur, à votre service.
— Brave homme, Dieu vous bénisse !
Pour ma consolation
Fort à propos il me place
Près d'un si grand médecin.
— Bref que faut-il que je fasse
Pour obliger mon voisin ?
— J'ai depuis l'autre semaine
Une suffocation
Qui me met tout hors d'haleine :
Dites-moi, la, sans façon,
Ce qu'il convient que je prenne.
— Une consultation.

Minvane, romance.

A TRAVERS la liquide plaine
De Morven, les vaillans guerriers
D'une expédition lointaine
Revenaient couverts de lauriers:
La belle Minvane, occupée
Du sort de Ryno son amant,
Du haut d'une roche escarpée
Le recherchait avidement.

Impatiente, elle l'appelle
De l'œil, du geste et de la voix;
Soudain, — O ciel! s'écria-t-elle,
Que veut dire ce que je vois?
Quoi! son bouclier et sa lance
A la nef ainsi suspendus!
Et parmi les siens quel silence!
Tout m'annonce qu'il ne vit plus. —

*

Le navire touche au rivage.
Quand la triste Minvane ouït
Confirmer son cruel présage
Soudain elle s'évanouit;
Mais puis revenant à la vie :
— Pourquoi donc au jour odieux
Dont la clarté m'était ravie,
Dit-elle, encor r'ouvrir mes yeux?

Mes yeux de l'objet que j'adore
Ne doivent plus revoir les traits;
Il n'ira plus avant l'aurore
Suivre les hôtes des forêts....
Le cerf timide aujourd'hui brave
Hardiment, hélas! le tombeau
De ce conquérant aussi brave
Qu'il était généreux et beau.

Non, je ne saurais te survivre,
Ryno, l'ornement de ces bords;
De ce pas je m'en vais te suivre
Dans le sombre empire des morts;

Nos ombres au même nuage
Bientôt s'uniront. — A ces mots
Minvane, pleine de courage,
Se précipite dans les flots.

Description poétique du matin à Paris.

DÉJA les cris aigus de cent noirs ramoneurs,
Que guident faiblement d'incertaines lueurs,
Annoncent dans Paris le retour de l'aurore;
Cependant l'amateur des jeux de Terpsichore
Voit pâlir les flambeaux; l'approche du soleil
L'avertit qu'il est temps de céder au sommeil;
Il sort du bal soudain, et d'une voix fatale
Eveille son cocher, qui, sur l'impériale
Ronflant fort gravement, de son pesant menton
En cadence frappait coup sur coup son giron.
Le bruit, qui depuis peu faisait place au silence,
Plus vif, avec le jour à l'instant recommence,
Et mille chars, roulant à qui courra le mieux,
Pour ébranler Paris se disputent entre eux:

Chassés de leur taudis par la faim dévorante,
Froissés, éclaboussés dans leur marche traînante,
D'innombrables Irus, en hochant leurs haillons,
Mêlent à ce fracas cent imprécations:
L'espion de police avidement tournoie,
Ou se met à l'affût pour attendre sa proie:
Les antres éclatans du noir démon des jeux
Vomissent un essaim de squelettes hideux
Dont l'infernal sabbat avec les ombres cesse;
Là, succombant sous l'or, Tout-à-bas fend la presse,
Et pour le dépenser va de ce même pas
Chez Laïs à grand frais acheter le trépas;
Ici Géronte peste, et plus loin c'est Valère,
L'œil fixe et le teint blême, hélas! qui délibère
Comment, pour terminer sa honte et ses malheurs
Avant que de la Seine, écartant les vapeurs,
Phébus vienne dorer les tours de Notre-Dame,
Il pourra de ses jours rompre la noire trame:
En vain quelques oiseaux du fond de leurs prisons
Pour saluer l'Aurore entonnent leurs chansons;
Ces lamentables cris, ce pénible ramage,
Qu'a fait dégénérer un injuste esclavage,
Sont bientôt étouffés par le bruyant marteau

Et la lime et la scie et le mordant ciseau,
Et parmi tout cela l'ambulante sonnaille
Vient faire de balais armer la valetaille :
Ce vain bruit à son tour cède aux puissans efforts
Des poitrines d'airain de dix mille stentors
Qui, de la Renommée interprètes fidèles,
Proclament dans Paris les sottises nouvelles
Que dans son cours borné voit naître chaque jour,
Et que la nuit suivante engloutit sans retour.

Epigramme.

— Nous ne vivons qu'un instant,
Mes enfans; que l'on s'empresse, —
Dit un sage en exhortant
Ses disciples à sagesse.
Un libertin, excitant
Ses amis à la licence,
Dit : — Hâtons la jouissance;
Nous ne vivons qu'un instant.

Inscription

pour mettre au bas d'un Tableau représentant une jeune beauté qui regarde avec dédain une vieille femme assise à côté d'elle.

—Iris, il ne faut pas, crois-moi,
Dédaigner la pauvre Isabelle;
Hier elle était comme toi,
Et demain tu seras comme elle.

Pyrène,

épisode traduit du troisième livre de la seconde guerre punique de Silius Italicus.

Du sommet escarpé d'un mont voisin des cieux
Pyrène voit au loin dans des champs spacieux
L'intrépide Gaulois séparé de l'Ibère,
Et fait régner entre eux une énorme barrière;
Ce rocher d'une belle a jadis pris le nom.
Hercule allait dompter le triple Gérion

Lorsqu'il déshonora la fille de Bebrice;
De ce crime, dit-on, Bacchus fut le complice:
Elle enfanta bientôt d'un dragon effrayant;
Quand Pyrène le voit elle tremble, et, fuyant
De Bebrice indigné la vengeance cruelle,
Abandonne à l'instant la maison paternelle.
Dans les antres obscurs, dans l'épaisseur des bois,
Désolée, on l'entend accuser à la fois
Et la funeste nuit témoin de sa faiblesse,
Et l'infidèle Alcide oubliant sa promesse:
Accourant à ses cris, les monstres des forêts
L'attaquent, et ses bras, à demi-déchirés,
Implorent, mais en vain, le héros magnanime....
Des monstres cependant elle fut la victime.
Lorsqu'Alcide revint, voyant de toutes parts
Les habits de Pyrène et ses membres épars,
Les baigne de ses pleurs, et, tout hors de lui-même,
Ne voit qu'en pâlissant ce visage qu'il aime:
Aux plaintes du héros les rochers attendris
Retentirent longtemps de ses douloureux cris.
Pyrène! dit cent fois le vaillant fils d'Alcmène,
Et cent fois les échos répétèrent: Pyrène!
Il lui dresse un tombeau, lui dit un long adieu,
Et la rend à jamais célèbre dans ce lieu.

Epigramme.

Il est des gens qui sans des *si*, des *mais*,
Ne peuvent onc dire : Je vous promets.
Bien différent est le bavard Nicole ;
Il est si prêt à donner sa parole,
Qu'il ne la garde jamais.

Autre.

Dans un poste éminent nous allons voir placer
Arnoux, ce fameux hypocrite :
Heureux siècle, où l'on voit même récompenser
Jusques à l'ombre du mérite !

Traduction du Latin.

NOTRE ombre suit nos pas quand le soleil éclaire;
Disparaît-il, elle s'enfuit :
Ainsi maint faux ami nous suit
Tant que la fortune prospère
Dirige son regard sur nous;
Mais le détourne-t-elle, ils nous délaissent tous.

La Violette, idylle.

MODESTE fleur qui sous l'herbe
Te dérobes à nos yeux,
Quand le Narcisse orgueilleux
Lève sa tête superbe :
Tel le Mérite parfois
Est caché dans la poussière,
Lorsque la Sottise altière
S'asseoit au trône des rois.

Sitôt qu'un léger indice
Te décèle sous nos pas,
Nous recherchons tes appas,
Et laissons le vain Narcisse:
Tel si du Mérite enfin
La Nuit peut être percée,
La Sottise est délaissée
Avec un juste dédain.

Mais, bien souvent inconnue,
Ton parfum dans les déserts
S'exhale au vague des airs,
Et tu meurs sans être vue:
Tel dans un injuste oubli
Le Mérite humble et modeste
Obscurément ainsi reste
A jamais enseveli.

Epitaphe d'une Chienne.

La chienne dont ci-gît la cendre
Mordit impunément nombre de gens de bien;
Mais ayant seulement jappé contre un vaurien,
Chez Pluton il la fit descendre.

Epigramme.

— Qu'avez-vous donc, ma chère tante?
— Rien, la petite impertinente;
Pourquoi cela? — Pourquoi? — Mais oui.
— Je vous croyais incommodée.
— Parce que.... — De tout aujourd'hui
Encor vous ne m'avez grondée.

Autre.

De très-grand cœur au diable je vous donne,
Gens pointilleux qui toujours disputez;
Vous amoureux pour de vaines beautés;
Vous potentats qui souvent vous battez
Pour soutenir une frêle couronne,
Et vous savans qui plaidez pour un mot:
Si je dispute onques avec personne,
C'est pour savoir qui de vous est plus sot.

Au Sommeil.

Traduction de Stace, sylve 4, *liv*. 5.

— O le plus paisible des dieux!
Doux Sommeil! quel crime odieux
Ou quelle faute involontaire
Peut donc à la fleur de mes ans

Priver de tes dons bienfaisans
Ma couche triste et solitaire?
Tout se tait, tout dans l'univers,
Les troupeaux dans les pâturages,
Les tigres au fond des déserts,
Et les oiseaux dans les bocages,
Les arbres même pour dormir
Inclinent leur tête mobile;
Eole repose tranquille,
Et l'Océan, las de mugir,
Dort appuyé contre ses rives:
Pendant sept nuits du haut des airs
De Phébé les lueurs craintives
Ont éclairé mes yeux ouverts,
Et les étoiles après elle,
Au-dessus d'OEta, de Paphos
Elevant leur tête immortelle,
Ont ouï ma voix avec zèle
Invoquer le dieu du repos;
De Céphale la belle amante
Passe et me laisse dans les pleurs,
Et pour adoucir mes douleurs
Seulement la verge brillante

*

Qui presse ses coursiers ardens
Agite l'air qui m'environne.
Hélas! puis-je vivre longtemps
Lorsque le Sommeil m'abandonne?
Argus exerçait nuit et jour
Une vigilance fidèle;
Mais ses yeux chacun à leur tour
Doımaient ou faisaient sentinelle.
Sans doute que dans ce moment,
Pendant cette nuit sans aurore,
Si j'en juge par mon tourment,
Sans doute qu'un heureux amant
Près de la beauté qu'il adore
Repousse bien loin de ses yeux
Tes pavots inofficieux:
Moi je t'adresse mes prières;
Exauce-les, Dieu bienfaisant;
Mais sans peser sur mes paupières
Comme sur l'homme insouciant,
Fais que ta baguette me touche
Seulement pour me soulager,
Ou bien glisse-toi dans ma couche
Sur le bout de ton pied léger.

Stances.

Le nombre des élus sur les doctes coupeaux
Est tout à fait complet, à ce que l'on assure ;
Cependant en tous lieux on voit mille rivaux
Pour y grimper encor se donner tablature.

Par leurs prodigues doigts sur l'autel d'Apollon
Que d'encre chaque jour est en vain répandue!
Ce n'est point au talent, mais à l'occasion
A qui la renommée est presque toujours due.

Il est un heureux temps où les premiers venus
Sont d'abord distingués quand le talent est rare;
Lorsque les concurrens se sont beaucoup accrus,
Dans leur foule nombreuse à jamais on s'égare.

A travers les volets un rayon dans la nuit
Perce-t-il, son éclat frappe notre paupière;
Quand la fenêtre s'ouvre et que le soleil luit,
Ce trait se perd soudain dans des flots de lumière.

Epigramme.

—Vous qui dans votre humeur badine
Nous plaisantez à tout propos
Sur nos travers ou vrais ou faux,
Je voudrais bien savoir, Corine,
Si vous n'avez point de défauts?
— Adressez-vous à ma voisine.

Idylle tirée du latin.

Heureux qui, dégagé du lourd poids des affaires,
Peut aller loin du bruit et des flots populaires
Visiter quelquefois les champs de ses aïeux!
Il y respire un air aussi pur que ces lieux;
Exempt de tout souci, l'esprit libre et tranquille,
Il dissipe l'ennui qui l'obsède à la ville;
Là de mille plaisirs ses sens sont enchantés;
Soit qu'il coure des bois les sentiers écartés

Quand des chants du matin au loin ils retentissent,
Soit, lorsque de Phébus les rayons s'affaiblissent,
Qu'il admire les champs, errant sur des côteaux,
Qu'il contemple ses fleurs, ou visite ses eaux,
Ces objets séduisans et remplis d'innocence
Lui feront bientôt voir avec indifférence
Et la ville et la cour, et leurs honneurs bruyans:
La pure volupté qu'on goûte dans les champs,
Un bocage touffu, des eaux le doux murmure,
Un paisible sommeil sur un lit de verdure
Auront bien plus d'attrait qu'un palais où les arts
Sur l'ivoire et sur l'or brillent de toutes parts,
Décoré de tapis tissus dans la Belgique,
De colonnes de marbre et d'un riche portique.
Ainsi vivaient jadis nos modestes aïeux,
Quand les chênes servaient d'interprètes aux dieux;
L'homme coulait ses jours au milieu des prairies,
Sur des monts verdoyans et des rives fleuries;
Le Capitole encor n'était pas enrichi
Des dépouilles du monde au joug romain fléchi;
Sur les sept monts broutaient quelques brebis errantes,
Et peu d'agneaux paissaient dans les prés de Laurentes.

Epigramme.

— Encore un mot, rien qu'un seul mot,
Et puis je m'en vais aussitôt.
— J'ai bien d'autres choses à faire;
Voilà trois quarts d'heure à peu près,
Monsieur, que vous me rebattez
Incessamment la même affaire,
Sans que je comprenne encor rien
A votre éternel rabâchage;
Allez, je ne puis davantage
Prolonger un tel entretien.
— Hé, monsieur, savez-vous pas bien
Que lorsqu'on n'a d'intelligence
Que la moitié de ce qu'il faut,
En revanche de patience
On doit avoir un double lot?

Epitaphe d'un homme

qui, après de longs voyages, mourut en arrivant chez lui.

O PASSANT, vois combien nos travaux sont frivoles!
J'ai couru des déserts, traversé mille états,
Sillonné l'océan, bravé tous les climats,
Brûlé sous l'équateur, gelé sous les deux pôles,
Du globe fait le tour... Malheureux! et pourquoi?
Pour y chercher la Mort, qui m'attendait chez moi.

Stances

A L'AUTEUR D'UN POÈME LICENTIEUX.

A TON esprit je rends hommage,
Non cependant sans en rougir;
C'est te faire un cruel outrage,
Mon ami, que de t'applaudir.

En applaudissant on accuse
Les auteurs qu'un damnable écrit
Rend d'autant moins dignes d'excuse
Qu'ils semblent avoir plus d'esprit.

User le temps en bagatelles
Nous fait sûrement peu d'honneur;
Mais en faire de criminelles
C'est là le comble de l'horreur.

Par l'œuvre jugeant la personne,
Chacun répète avec raison:
Lorsqu'on écrit comme Pétrone,
On n'a pas les mœurs de Caton.

Sortant d'une origine pure,
Quand la Poésie à Vénus
Ose dérober la ceinture,
Elle en doit orner les vertus.

FIN.

TABLE.

CONTES.

LIVRE I.

LIVRE II.

LIVRE III.

LIVRE IV.

LIVRE V.

POÉSIES MÊLÉES.

FIN DE LA TABLE.

www.ingramcontent.com/pod-product-compliance
Ingram Content Group UK Ltd.
Pitfield, Milton Keynes, MK11 3LW, UK
UKHW012221240726
13966UKWH00003B/879